LA PAREJA ~~PERFECTA~~
(es un fraude)

(Los casos de Vega Martín 2)

LA PAREJA ~~PERFECTA~~
(es un fraude)

(Los casos de Vega Martín 2)

Lorena Franco

Los hechos y los personajes de este libro son ficticios, así como algunos escenarios recreados especialmente para esta historia. Nada de lo que aquí se narra está basado en... Así que cualquier parecido con la realidad es pura coincidencia.

La pareja ~~perfecta~~ (es un fraude)
(Los casos de Vega Martín 2)
Copyright © Lorena Franco, 2024
Diseño cubierta: J.B.
Imagen de cubierta ©LightFieldStudios_ / iStockphoto

Todos los derechos están reservados
Primera edición: Agosto, 2024
ISBN: 979-8876501585

También disponible en digital y en audiolibro en exclusiva en **Audible**.
Una producción de **Audible Studios**.

Las ilusiones son peligrosas,
no tienen defectos.

Sabrina, BILLY WILDER

LA PAREJA DE LA ÚLTIMA FILA

Quince minutos después del aterrizaje, el interior del avión está sumido en un silencio sepulcral. Es el momento favorito de Naree, una de las azafatas de vuelo, cuando el avión, ya vacío, es solo un eco de los momentos vividos durante las casi veinte horas en las que cientos de desconocidos han estado sobrevolando el cielo desde el aeropuerto Koh Samui hasta aterrizar en Madrid.

Son las nueve y media de la noche cuando Naree recorre los pasillos para verificar que todo está en orden. Al aproximarse a los últimos asientos de la cabina de primera clase, atisba a dos pasajeros hundidos en sus asientos que no han desembarcado como el resto. Se trata de una atractiva pareja de veintitantos años. Se han debido de quedar dormidos. No sería la primera vez. La mujer, sentada al lado de la ventanilla, está cómodamente apoyada en el hombro del hombre. Él no parece estar tan a gusto, tiene la cabeza echada hacia delante en un raro escorzo, con los ojos abiertos y petrificados en una expresión terrible.

—Perdonen… señores —les va diciendo Naree, con calma, a medida que se acerca a ellos con paso vacilante—. Hemos llegado a Madrid, tienen que…

La azafata enmudece cuando está lo suficientemente cerca como para percatarse de que la carne de los pasajeros tiene ese tacto inerte parecido al plástico de los difuntos recientes, muy distinta a la apariencia de los vivos. No se atisba ni rastro de pulso en sus gargantas. No hay ninguna herida visible, porque la espumilla blanca que hace horas ha debido de salir por sus bocas, ahora reseca en sus barbillas, no cuenta como herida.

Antes de echar a correr para pedir ayuda, los ojos de la azafata se ensanchan de puro terror al constatar que los pasajeros de la última fila están muertos.

UNOS DÍAS ANTES

CAPÍTULO 1

¿Qué es lo primero que se te pasa por la cabeza cuando alguien te dice que esa, esa y no otra, es la pareja perfecta? No es que te lo digan, es que te lo imponen, como si llevaran un cartel pegado a la frente. Es lo que te venden. Lo que vende. Porque, de no ser así, ninguna marca querría pagarles un dineral por aparecer en sus envidiables y codiciadas redes sociales. De eso se trata, solo de eso: dinero, poder e influencia, aunque lo de dentro esté podrido y desprenda un olor nauseabundo similar al de las cloacas. Solo nos enseñan la superficie, pero todo cambia cuando las capas se desprenden una a una, mostrándonos la realidad que tanto se empeñan en ocultar.

No obstante, mientras la mentira aguante…

En todas sus fotos de Instagram verás a la pareja de *influencers* del momento guapísimos, sonrientes y felices, como si nada les atormentara ni les inquietara. Son seres de otra galaxia. De vez en cuando, tratan de parecer humanos con algún problemilla del primer mundo que

13

no le interesa a nadie pero con el que puedes sentirte identificado, y no será más que una estrategia. No sé tú, pero yo desconfiaría de tanta perfección. Quizá, si pudiéramos cotillear la realidad de su día a día en lugar de lo que nos muestran, los celos que podemos llegar a sentir darían paso a un sentimiento menos común en este mundo egoísta que nos ha tocado vivir: la compasión.

CAPÍTULO 2

En el momento en que Astrid Rubio, la *influencer* estrella del momento, se hace un selfie sumergida en su piscina para compartirla con sus más de cinco millones de seguidores en Instagram, Hugo Sanz, su *pareja perfecta*, asciende con su flamante Porsche Cayenne la cuesta por la que se accede al chalet que comparten en Valdecabañas, una exclusiva urbanización de Boadilla del Monte.

A poco más de veinte kilómetros de distancia, la inspectora Vega Martín, que no tiene nada que ver con ese mundo enfermizo en el que tanto tienes tanto vales, se enfrenta al cuarto cadáver en menos de dos meses de una chica joven con claros signos de asfixia.

Idéntico modus operandi que sus tres predecesoras, incluida la curiosa puesta en escena.

El cadáver de Lucía Alegre, una diseñadora de moda en ciernes de veinticinco años, yace desnudo en la cama de su piso ubicado en el barrio de Salamanca, de la misma forma en la que catorce días atrás hallaron el cadáver de Magda Galán, hace veintiocho días el de Susana Díaz, y hace casi dos meses, concretamente el 13 de mayo, el de Valeria Almeida.

A tener en cuenta que todas coinciden en algo más: han sido asesinadas un viernes.

Aunque durante este tiempo han cotejado que las anteriores víctimas no se conocían, hay demasiadas coincidencias entre ellas que han puesto de acuerdo a los inspectores Vega Martín y Daniel Haro: las manos que han rodeado el cuello de Lucía hasta aplastarle la tráquea, son las mismas que le arrebataron la vida a Magda, Susana y Valeria, la primera víctima de esta locura. Jóvenes de entre veintidós y veintisiete años guapas, exitosas e independientes (gracias a la ayudita de sus padres), con una buena posición social, un buen piso en un buen barrio, el ropero lleno de vestidos de marca y asiduas a fiestas consideradas la *crème de la crème*, que aparecen desnudas en sus camas con la sorpresa congelada en sus bonitas caras.

El asesino es cuidadoso. No deja huellas. No hay ni rastro de su paso por esos apartamentos que han visto el horror de un asesinato. Antes de abandonar a las chicas muertas, el monstruo hace desaparecer la ropa de cama y empapa el colchón de lejía. Debe de gastar un bote entero, porque, antes de largarse de los apartamentos sin ser visto, también rocía con lejía el cuerpo desnudo de sus víctimas. La irritación que presentan las chicas, especialmente en la cara, en el cuello y en sus partes íntimas, genera descamación, la piel de sus cuerpos sin vida luce enrojecida y engrosada, lo que hace que se pierdan las huellas dactilares, aunque la policía elucubra que el asesino es cuidadoso y usa guantes. El fuerte olor a lejía no solo dificulta el trabajo de la científica a la hora de hallar huellas, también enmascara otros olores tan reveladores como el olor a sexo que creen que hubo entre las paredes de esas habitaciones, instantes antes del destino fatal de las chicas.

Astrid recibe a Hugo con cara de acelga. En esta parte de la historia hay varios factores importantes: el tiempo, el número de seguidores en las redes sociales y los anglicismos. Astrid tardará seis minutos exactos en mutar la expresión irritada de su rostro y lucirá la mejor de sus sonrisas. También le dedicará a Hugo la tan bien ensayada mirada de enamorada, después de que él se desvista y, obligado, se meta en la piscina muy pegado a ella para grabar una *story*.

Qué tiempos estos en los que parece que la privacidad es un lujo que nadie quiere.

Pero antes...:

—¿Dónde has estado?

—Por ahí —contesta Hugo sin mirar a Astrid.

—Anda, métete, que llevamos doce horas sin grabar una *story* conjunta y van a sospechar.

—No me apetece.

—¡Te metes un momento, grabamos la puta *story* y

sales, joder!

Hugo resopla, se muerde los carrillos y piensa en Lucía, en cómo lo miraba mientras se hundía en su interior. No puede evitar empalmarse, lo que provoca que Astrid, al percatarse, sonría cínicamente.

—Aún te pongo, ¿eh?

¿Qué vas a contestar, Hugo? Si con Astrid a duras penas se te levanta. Lo que hace dos años fue un flechazo en un desfile de moda, ha pasado a mejor vida. Por aquel entonces, Hugo salía con Paula y Astrid con Roberto, dos *influencers* de pacotilla que entre ambos no suman ni cien mil seguidores. Félix, el agente de Hugo, un estratega nato, le recomendó conquistar a Astrid, que por aquel entonces ya era la estrella de las *Instagrammers* españolas. Y lo consiguió sin mucho esfuerzo. Pero ella no es como las demás. Nunca lo ha sido, Hugo, recuérdalo: tú no eres nadie sin ella y nunca habrías alcanzado los dos millones de seguidores de los que tanto presumes, si no estuvieras a su lado. En realidad, no eres más que un impostor tan molesto como un bicho pegado a la suela de sus *Louis Vuitton*. No, Astrid no le permitiría a Hugo hacerle todas las cosas que les hace *a las otras*. Esas *otras*, con tal de estar con el hombre del momento que incendia las redes sociales, o eso decía el último titular que le dedicaron en *Woman*, se dejan hacer de todo, cumpliendo sus fantasías sexuales, a cuál más retorcida.

—Qué bueno estás —le suelta Astrid, agarrándolo posesivamente por el cuello mientras con la otra mano sujeta el móvil en alto, un plano picado de lo más favorecedor que perfila la mandíbula y disimula la papada, aunque la pareja perfecta tenga un cuello envidiable y sin necesidad (de momento) de cirugías—. Uy, Hugo, si ya estaba grabando. —Hugo se echa a reír, sabiendo que Astrid no deja nada al azar—. ¿Cómo estáis? Bueno, aquí estamos Hugo y yo dándonos un bañito...

—... que con el calor que hace en Madrid apetece, ¿verdad? —interviene Hugo como si lo hubieran ensayado previamente, mirando de reojo a Astrid con una sonrisa de medio lado que sabe que vuelve locas a sus fans. Con esta *story* de Astrid en el que, como siempre, lo etiquetará, espera conseguir diez mil seguidores más en menos de media hora.

—¡Ya te digo! Pero, *cari*, no vamos a estar mucho por aquí...

—¿Ah, no? A ver... ¿Qué sorpresa me tienes preparada? —ríe Hugo, mirando a cámara y guiñando un ojo al más de un millón de personas que verán la *story* en menos de dos minutos.

—¿Tienes preparado el pasaporte?

—¿El pasaporte?

—¡Nos vamos a Tailandia, *cari*!

A Hugo se le congela la sonrisa. Todos los músculos de su cara se tensan, es incapaz de disimular, pero cuando Astrid le da un golpecito en el hombro, no le queda otra que volver a la realidad.

—¿Qué te parece?

—Me has dejado sin palabras, amor.

—¡Os iremos contando qué tal nos va por Tailandia! ¡Salimos mañana y os lo vamos a enseñar todo! En nada os daré más detalles.

Astrid suelta el dedo de la pantalla, su sonrisa se esfuma, vuelve a poner cara de acelga, y publica la *story*.

—Se te ha quedado cara de gilipollas.

«Tú la tienes de fábrica», se muerde la lengua Hugo.

—¿Qué se nos ha perdido en Tailandia, Astrid? Tengo muchas cosas que hacer en Madrid. Mañana tengo una reunión con Manu, ya está acabando la novela que tengo que presentar en septiembre a la editorial y ni siquiera sé de qué va. ¿Qué tengo que hacer? ¿Cancelarla?

—Te jodes, haberla escrito tú —se limita a decir Astrid, saliendo de la piscina y contoneando sus caderas embutidas en un minúsculo biquini en dirección a la cocina, donde va a grabar otra *story* preparándose un batido de aguacate que acabará en el sumidero.

Hugo es, además de modelo e *influencer*, escritor. De *thrillers*. Adictivos, eso dicen, que son adictivos, pero no lo sabe ni él. Ha pisado América una vez, pero todas sus tramas están ambientadas en Wisconsin. Lo han traducido a varios idiomas y ha cosechado un gran éxito en Italia, Francia, Alemania, Polonia y Estados Unidos. Próximamente, Netflix convertirá su última bilogía en serie, pero como el presupuesto no alcanza para cruzar el charco, adaptarán hasta los nombres de los personajes para grabarla en Madrid.

Escribió su primera novela hace cuatro años, pero las ventas no se dispararon hasta que empezó a salir con Astrid. Desde ese momento, en cada una de sus presentaciones y firmas no ha cabido ni un alfiler. Las colas kilométricas suelen ocupar varias manzanas cada vez que saca nueva novela para disgusto de los transeúntes, ¡lo nunca visto! Hugo, *el fenómeno editorial, el niño bonito del thriller psicológico,* no ha vuelto a enfrentarse a la temida hoja en blanco, pero sí a publicar gracias a Manu, un escritor fantasma que, por escribirle las novelas, puede llegar desahogadamente a fin de mes. Por supuesto, la editorial está enterada del fraude, pero es un detallito sin importancia que les sale muy rentable. Qué más da quién le escriba las historias a Hugo mientras su nombre aparezca en la cubierta, ¿verdad? Aunque sea una estafa para sus ávidos lectores desde el momento en que se hace una foto frente al ordenador y, aparentando una emoción que en realidad no siente, escribe cosas del estilo: «La espera merecerá la pena». «Hoy me he pasado una hora llorando mientras escribía y esa es la señal que necesito para saber que la historia funciona». «Muy pronto esta historia dejará de ser mía y será toda vuestra. Empieza la cuenta atrás».

En fin...

Y ahora, mientras Astrid finge que el batido *facilísimo de hacer* está buenísimo, dime, Hugo, del 1 al 10, ¿cuánto odias a tu pareja?

Un 11.

Un 12.

Un 20.

Hugo odia a muerte a Astrid, por eso la mira desde el jardín así, como si un día de estos la fuera a estrangular, mientras ella sigue ajena en su burbuja de perfección, pareciendo más tonta de lo que es en realidad, porque, para llegar hasta donde ella ha llegado, hay que ser muy lista.

«Sin ella no eres nadie», se recuerda a sí mismo, decaído, tratando de contener la rabia que siente bullir en su interior. Para calmarse, a Hugo le basta con visualizar a Lucía, su último rollo. Al final, pese al vicio por el que pierde el sentido, lo que Hugo busca es sentirse importante para alguien. Deseado. Es casi una adicción. Busca fuera de casa lo que no tiene dentro. Antes de Lucía fueron otras, Hugo no recuerda sus nombres, a duras penas es capaz de visualizar sus caras, sus cuerpos desnudos... y el de su última conquista pronto se desvanecerá de su memoria, aunque ahora no lo parezca. Y está mal. Sí, está muy mal, porque está haciendo lo mismo que tantas veces le reprochó a su padre cuando veía a su madre llorar a causa de los cuernos que llevaba a cuestas y el maltrato psicológico al que la sometía a diario. Hugo se está convirtiendo en la persona que se prometió no ser jamás, aunque Astrid está muy lejos de ser como su madre, a quien el corazón se le fue partiendo en pedazos hasta estallar y matarla.

Teniendo en cuenta que el corazón de Astrid parece un témpano de hielo, ¿qué es lo que podría matarla a ella?

CAPÍTULO 3

El cuerpo sin vida de Lucía ha sido trasladado al anatómico forense hace un par de horas. Están hablando de ella en todas partes por ser la última víctima del Asesino del Guante, mote que la prensa le ha adjudicado al asesino, aunque para Vega sería más apropiado algo así como Don Limpio, por la cantidad de lejía que deja en los escenarios del crimen.

La peor parte es darle la noticia a sus familiares más próximos. Padres, abuelos, tíos, hermanos... No se lo creen. Nunca se lo creen. Y entonces, llega la negación, dolorosísima cuando se enfrentan al shock de la cruda realidad que los abofetea sin piedad. Durante los primeros minutos dicen que no, que no puede ser su hija, su nieta, su sobrina, su hermana... No, ella no, es un error, os estáis confundiendo de persona. Y es que no hay explicación a la maldad de ciertos seres humanos. Su misión es cazarlos lo antes posible para que no sigan cobrándose más víctimas. Cada crimen ejecutado por la misma mano es, para Vega, una derrota, y así se lo transmite a Daniel. En el bar Casa Maravillas de Malasaña, Daniel deja de ser su compañero para convertirse en su amigo y confidente, en la posibilidad de que entre ellos dos surja algo más ahora que están libres, porque el roce hace el cariño, eso todo el mundo lo sabe. Pero con Vega nada es fácil. No, con Vega nunca se sabe y Daniel siente que tiene que ir con pies de plomo. Pero aquí, sentados a una de las mesas del concurrido bar, dejan atrás a la inspectora Martín y al inspector Haro y son, simplemente, Vega y Daniel, aunque les sea inevitable llevar el trabajo a cuestas durante las veinticuatro horas.

—Cerraduras sin forzar. O las víctimas eran muy confiadas, o conocían al asesino —empieza a repasar Vega como si tuviera delante los informes que se sabe de memoria. Daniel preferiría mantener otro tipo de conversación como, por ejemplo, qué fue del beso en los labios que se dieron hace un mes y que ha sido incapaz de olvidar, pero Vega lo acobarda y al final no se atreve a recordárselo—. Tampoco hay signos de lucha. Las víctimas no opusieron resistencia ni se defendieron de su atacante a pesar de no ir drogadas ni bebidas. Nada, ni una gota de alcohol en sangre ni una droga que las dejara atontadas o inconscientes. Estaban despiertas en el momento de la asfixia. Sabían que iban a morir.

—Ya sabes lo que opina el forense. Juegos sexuales que se van de madre. Asfixia erótica, también conocida como hipoxifilia o asfixiofilia… Hay que estar enfermo para sentir placer con algo así.

Vega sacude la cabeza, al tiempo que chasquea la lengua contra el paladar.

—Sí, pero... en ese caso, debería dejar algún rastro, ¿no? No hay ni un solo pelo, Daniel. Ni una sola huella en el cuello de las chicas. Ya, ya, la condenada lejía, pero ¿qué hace? ¿Follárselas con guantes? Hay algo que no cuadra... Ellas pensaban que iba a ser sexo desenfrenado, que era un juego, mientras su verdugo tenía la intención de matarlas, rociarlas de lejía, a ellas y a la cama, llevarse las sábanas... ¿Y sabes qué es lo peor? Que va a volver a pasar. De ellas, solo Susana tenía novio, pero en el momento de su muerte estaba en una convención en Toledo llena de gente que han corroborado su coartada. Descartado —sigue repasando—. No sé si lo destrozó más la muerte de Susana o descubrir que le era infiel. El caso es que no hay ninguna llamada sospechosa, ningún mensaje revelador... Ni siquiera tenían aplicaciones para encontrar pareja. ¿Cómo conocieron a su asesino? ¿O de qué lo conocían? Cuatro chicas, Daniel. Ya van cuatro chicas, y soy incapaz de sacarme de la cabeza la visión de sus cadáveres.

—Lo pillaremos. Cometerá algún error, terminaremos pillándolo, Vega.

—¿Cuántas chicas más tienen que morir para pillar a ese cabrón? Lo que está claro es que es un tipo joven y guapo. Un depredador que, o bien tiene un alto status social o lo aparenta, que disfruta matándolas. Esas chicas no se iban con cualquiera, Daniel, ya viste al novio de

Susana. Iba hecho un pincel, hasta podría ser modelo, y es propietario de una cadena de hoteles sin haber cumplido aún los treinta. ¿Dónde lo conocieron? ¿Cuánto tiempo tardó en embaucarlas para que le dejaran entrar en sus apartamentos? ¿Por qué siempre un viernes? Tiene que ser alguien muy…

—Deseable —añade Daniel, mordiéndose el labio inferior y mirando fijamente a Vega que, como si adivinara sus pensamientos pecaminosos que nada tienen que ver con la investigación en la que llevan volcados dos meses, desvía la mirada en dirección a la barra y rompe el silencio (y el momento lleno de tensión sexual) preguntando:

—¿Qué es todo ese alboroto que hay fuera?

En verano Hugo se ducha, como mínimo, tres veces al día. A limpito no lo gana nadie, desde luego, pero Astrid se desespera porque ella ya está vestida, maquillada y peinada, labor que la ha llevado más de dos horas y media para lucir perfecta (y puntual). Como no salgan en cinco minutos, no llegan a Malasaña. Esta noche acuden a la inauguración de un exclusivo club al que irán, se dejarán fotografiar, contestarán a un par de preguntillas tontas, y adiós muy buenas, que mañana hay que madrugar para ir al aeropuerto rumbo a Tailandia con la intención no de disfrutar en pareja, sino de recopilar mucho material para las redes. Desde que TikTok se ha puesto de moda y triunfa incluso más que Instagram, no dan abasto con la creación de contenido. ¡Y que digan que los *influencers* no dan un palo al agua, que viven del cuento! Es indignante. Astrid querría ver a esos detractores en su pellejo, a ver si siguen opinando que son unos vagos oportunistas. Es que le hierve la sangre con ese tema. Y con los *haters*. No soporta a los *haters*, ¿es que no tienen otra cosa mejor que hacer que tocar los cojones desde la cobardía del anonimato?

—¡Joder, Hugo, espabila, que tenemos que irnos ya! —le grita Astrid, asomándose a la puerta, pero enseguida se retira, que los vapores del cuarto de baño (Hugo se ducha con el agua hirviendo) le estropean el maquillaje y el pelo. La puntualidad es importante para Astrid. La puntualidad demuestra lo profesional que eres, lo volcada que estás con tu trabajo; llegar tarde resta puntos para convertirte en la mejor.

En siete minutos, Hugo saldrá del cuarto de baño con los nudillos en carne viva a causa del puñetazo que le acaba de dar con toda su rabia a las baldosas, segundos después de que Astrid se asomara y le gritara. Ese momento se esfumará de la memoria de Hugo como tantos otros. Internamente, se preguntará cómo se ha hecho esa raspadura. Y será raro. Siempre es raro.

Astrid enciende el televisor del dormitorio.

Ahí está, otra vez, el Asesino del Guante. No paran de hablar de él, se está llevando todos los titulares. Qué barbaridad. Debería abrirse un perfil en Instagram y otro en TikTok y triunfaría, piensa Astrid con su característica frivolidad. Y entonces, como hipnotizada por la voz de la reportera, deja de prestarle atención al reloj y se acomoda en el *chaise longue* para escuchar atentamente qué dicen sobre la nueva víctima que se ha cobrado el Asesino del Guante.

—¡Hugo! ¡Hugo, aquí! ¡Astrid, aquí! ¡Maravillosos, maravillosos! ¡Sois increíbles! ¡Qué guapos! ¡Los mejores! Así, así, ¡ladea un poco la cara, Astrid! ¡Hugo, de frente, por favor! ¡Gracias!

—La pareja perfecta ha hecho acto de presencia en la inauguración del Club Selena, que acaba de abrir sus puertas en el barrio de Malasaña y que promete ser el lugar de reunión y evasión de los *Instagrammers* del momento.

Vega y Daniel acaban de salir del bar. Como tantos otros curiosos, se detienen a mirar el espectáculo en el que divas y divos pisan la alfombra violeta que han dispuesto a las puertas del nuevo club, mientras los periodistas y fotógrafos se dan codazos como si estuvieran en mitad de una guerra para conseguir la mejor exclusiva, la mejor foto, las mejores palabras del famosillo de turno. Mañana por la mañana desaparecerá el glamour, porque un club así no pega nada en esta calle de bares tradicionales y familiares y hasta puede que el negocio no mantenga sus puertas abiertas más de dos meses, pero ahora da la sensación de ser lo único que importa gracias a todo ese desfile de caras conocidas que a Vega no le suenan de nada. Es lo que tiene estar desconectada de las redes, de Youtube, de Twitch... y de tantas otras cosas, inspectora.

—¿*Instagrammers*? ¿En serio?

—Bueno, también se les llama *influencers* —dice Daniel, algo más puesto en el tema, aunque tampoco conozca a la mayoría de famosos sacados de las redes y de programas de telerrealidad.

Vega sacude la cabeza lentamente sin quitarle el ojo de encima al tal Hugo. Es el más solicitado en el evento y posa junto a una chica altísima, guapísima y esbeltísima que luce una sonrisa radiante digna de un anuncio de dentífrico. Parece una estrella de Hollywood. Durante un segundo, vuelve la inspectora, y a Vega le entra un escalofrío. Esa chica a la que llaman «¡Astrid, mira aquí!», «¡Así, Astrid, muy bien, estás divina!», podría ser Valeria, Susana, Magda o Lucía, las víctimas del Asesino del Guante que no tiene cabida en un momento como el que observa desde un discreto segundo plano.

—Ese es escritor —le dice Daniel.

—¿Eh?

—Hugo Sanz. Que es escritor. Leí su primera novela. Malísima.

—Hugo Sanz —repite Vega, pensativa, con la cabeza funcionando a mil.

Durante un par de segundos, el tal Hugo y Vega intercambian una breve mirada pese al montón de gente que los mantiene a distancia y que son la separación entre el mundo de fantasía de uno y el mundo real (y crudísimo) de la otra.

—Oye, creo que te ha sonreído —se percata Daniel.

—¿Sabes una de las cosas que tenían en común las chicas? —inquiere Vega, sin dejar de mirar a Hugo, que ha dejado de prestarle atención y ahora se encuentra centrado en una periodista tan despampanante como los protagonistas de la noche—. Que todas seguían a Hugo Sanz en Instagram. Este debe de ser el Hugo Sanz al que seguían, ¿no? —recuerda, porque apuntó las pocas cuentas que las chicas seguían en común en redes sociales, pero eso a Daniel no le parece un detalle relevante a tener en cuenta.

—Hasta yo sigo a Hugo Sanz en Instagram, Vega. Tiene dos millones de seguidores y otros tantos en TikTok, la red social del momento.

—¿TikTok? ¿Pero esa red social no es para adolescentes que bailan?

—Ya no, ahora tiene tanta influencia como Instagram. O más. El caso es que Hugo publica unos vídeos *fitness* de lo más instructivos. Escribir no es lo suyo, aunque publique un libro cada año y sus presentaciones y firmas se llenen, pero entrenar se le da genial. También graba recetas ideales para que el cuerpo se recupere después de un buen entreno.

Vega solo ha escuchado lo de…:

—¿Dos millones de seguidores?

—Y la novia lo supera. Tiene cinco.

—¿Cinco qué?

—Cinco millones de seguidores —especifica Daniel.

—Pues sí que estás puesto en el tema.

—Ah, y te recuerdo que todas esas chicas también seguían a Tamara Falcó, por ponerte un ejemplo, y no por eso la hija de la Preysler se ha dedicado a ir aplastándoles la tráquea una a una —alega Daniel—. En las redes no encontraremos la respuesta. El asesino no está ahí.

—Ya, es una tontería —murmura Vega, en el momento en que Hugo les da la espalda a los periodistas y a los fotógrafos, y entra en el recién estrenado club agarrando de la cintura a su acompañante.

Lo que para Vega han sido un par de segundos significativos cuando sus ojos se han entrelazado con los de Hugo, para él no ha sido más que humo. Cuando el popular *influencer* entra en el club, ya ni se acuerda de esa mujer atractiva pero del montón, como tantas otras que lo miran embobadas cuando tienen la suerte de que se cruce en su camino. Hugo no se separa de Astrid, que, móvil en mano, graba todo cuanto hay a su alrededor, mientras él coge una copa de champán que le ofrece un camarero y finge que se divierte.

—¡Huguito, amor, saluda a nuestros seguidores! —Hugo casi se atraganta con el champán. Odia que Astrid lo llame Huguito, pero la sonrisa lo disimula todo. ¿O no?—. Chicos, qué barbaridad, tenéis que venir al Club

Selena. Acaba de abrir sus puertas en Malasaña y lo va a petar. Me quedaría toda la noche aquí, pero nosotros nos iremos pronto a casa, ¿verdad, *cari*?

Hugo, que parece un títere, asiente sonriente pero con poco convencimiento.

—¡Hay que madrugar que mañana nos vamos a Tailandia! Bueno, ya os dije hasta el vuelo, lo sé, lo sé —ríe Astrid—. Y el maravilloso resort en el que nos alojaremos. ¡Es una pasada! ¡Qué ganas!

«Por Dios… Qué pesada. ¿No se da cuenta de que es una pesada? ¿Hay alguien que no sepa que mañana nos vamos a Tailandia?», se resigna Hugo, sin dejar de sonreírle a la pantalla como un idiota, por si Astrid vuelve a enfocarlo en una de las cinco *stories* más que grabará durante los próximos diez minutos para promocionar el club.

¿Es que acaso hay algo más que contar?

—Joder, Hugo, pero sonríe de verdad, tío, que me haces quedar fatal. Encima la luz de este puto sitio no favorece nada —le susurra Astrid al oído cuando deja de grabar para, inmediatamente, cambiar la cara de tiesa y componer una de sus mejores sonrisas mientras se pasea por el club saludando al resto de *influencers* como si fueran sus mejores amigas. Mentira. Todo es falso. Las detesta. Quieren hacerle sombra y quitarle el trabajo, aunque son incapaces, porque ella lleva años siendo la mejor, algo que a veces, es inevitable, le provoca cierta paranoia. Nada más subirse al coche de regreso a casa,

Astrid no parará de criticarlas, poniéndole la cabeza como un bombo a Hugo, pero también sacará a relucir otro tema más inquietante, el del Asesino del Guante:

—¿El Asesino del Guante? —se extraña Hugo, centrado en la conducción.

—¿Pero en qué puto mundo vives, Hugo? ¿No te has enterado? Es *trending topic*. Se ha cargado a cuatro chicas en dos meses. El caso está bajo secreto de sumario, pero ya sabes cómo es la prensa amarillista, lo acaban descubriendo todo, hasta el más ínfimo detalle, y encima eran chicas guapas y con pasta, de alta cuna. Dicen que es posible que fuera un juego sexual que se les fue de las manos.

—¿Pero cómo?

—Las asfixió. Con guantes, dicen, de ahí el mote y que aún no tengan al culpable porque no dejó huellas y, si dejó, ya no están, porque lo rociaba todo con lejía antes de abandonar los apartamentos, incluso los cuerpos de las chicas. Escalofriante. Pero bueno, ya sabes lo que me gusta a mí un buen *true crime*... Fijo que en un par de años tenemos serie en Netflix.

CAPÍTULO 4

Vega llega a comisaría ojerosa y con aspecto cansado. No ha dormido mucho y tener que trabajar los sábados no le sienta especialmente bien, pero tiene la sensación de que se ha vuelto una experta en comida *healthy* (que suena mejor que saludable pero viene a ser lo mismo) y que, gracias a los vídeos de Hugo, un tipo carismático que parece tener siempre una sonrisa a punto para sus fans, no tendrá más problemas posturales a la hora de levantar pesas. El tío está cañón, de eso no hay duda, y es amable, roza la perfección. Suele contestar con corazoncitos a las seguidoras que le dejan comentarios en sus trabajados *reels*, que, por lo visto, es lo que se lleva ahora. Los *posts* con fotos ya no están de moda, a no ser que les pongas música de fondo, cuanto más comercial, mejor. Tanto anglicismo no solo estresa a la RAE, también a Vega pese a no ser mayor (treinta y siete años), pero habrá que adaptarse a este mundo moderno en el que sustituyen «rutina capilar» por *shower routine*, porque les parece que suena más *cool*, aunque sean naturales de Vallecas.

Efectivamente, Vega lo ha vuelto a comprobar, entre las seguidoras de Hugo se encuentran las cuatro víctimas del Asesino del Guante, pero ¿intercambiaron algún mensaje? ¿Llegaron a conocerse en persona? ¿Es Hugo un depredador escondido bajo una apariencia perfecta de la que es imposible sospechar?

—A ver, dos millones de seguidores… no creo ni que conociera la existencia de las chicas. Además, él no las sigue a ellas. Hemos revisado de arriba abajo las cuentas de las víctimas y no intercambiaron ningún mensaje ni con Hugo ni con ningún dandi sospechoso —resuelve la agente Begoña, con la mirada centrada en la pantalla de su móvil.

—Bueno, los mensajes se pueden borrar, ¿no? —sigue desconfiando Vega—. ¿Hay alguna manera de recuperarlos o eso es cosa de la red social?

—Y hablando del rey de Roma… Mira, la novia acaba de subir una *story* junto a él en la sala VIP del aeropuerto. ¿Has estado alguna vez en la sala VIP de un aeropuerto, jefa? —Vega niega con la cabeza ignorando la pullita—. Míralos… radiantes, felices, perfectos… qué envidia.

—¿Perfectos…? Déjame ver.

Vega toquetea la pantalla hacia delante y hacia atrás de las *stories* de la tal Astrid Rubio, la chica despampanante a la que vio en directo ayer, en la inauguración del club de Malasaña, dato que no le cuenta a Begoña para que no la bombardee a preguntas. Empieza a ver las primeras *stories*, que se esfumarán pasadas veinticuatro horas. Astrid sola en la piscina. Seguidamente, sigue en la piscina pero con Hugo, cuya sonrisa parece impuesta cuando le da la noticia de que se van a Tailandia. Astrid preparando un batido en una cocina que es más grande que su piso entero mientras cuenta todo tipo de detalles sobre su viaje a Tailandia (otra vez). Enseñando a sus seguidores a hacerse ondas en el pelo. Realizando una encuesta sobre el vestido que lucirá en las próximas horas: «¿Os gusta más el rojo o el negro?», «¿Cuál le pega más a mi tono de piel?». En el interior del coche distrayendo a Hugo, a quien se le ve serio, centrado en la conducción. Deberían multarla. En el club que inauguraron anoche. En el cuarto de baño para mostrar la rutina nocturna del cuidado de la piel. Y ahora en el aeropuerto. A Vega le da la sensación de haber vivido diez vidas mientras veía las *stories* de Astrid. Qué intensidad.

—¿No te irrita su voz? —inquiere Vega—. Es decir… esto es mentira, Begoña, no hay quien se lo crea. Es falso. Nadie puede tener una vida tan perfecta. Solo vemos lo que nos quieren enseñar.

—¿Cinco millones de seguidores en Instagram? ¿Un chalet en Boadilla valorado en tres millones de euros? Cochazos, ropa, bolsos y zapatos de marca para aburrir que además no compran, se los regalan para que los publicite. Viajes de ensueño, hoteles de cinco estrellas, restaurantes con estrellas Michelin… he leído que llegan a cobrar hasta seis mil euros por post, joder, por hacerse una foto y publicarla. Y encima la tía es guapa, tiene cuerpazo, y sale con un tío que está más bueno que Brad Pitt. Sí, aunque te cueste creerlo, tienen una vida perfecta.

—Mmmm... —sigue desconfiando Vega de tanta perfección y felicidad expuesta a millones de personas cada día—. ¿Más dandis sospechosos al que siguieran las cuatro víctimas en Instagram? ¿Tenían TikTok?

—No tenían TikTok. ¿Miguel Ángel Silvestre te sirve? ¿Mario Casas? ¿Le pedimos una orden al juez para triangular sus móviles y, en el caso de que estuvieran por la zona, interrogarlos? No me parecería nada mal —sonríe Begoña con picardía.

Vega sacude la cabeza y resopla antes de ir a la sala de autopsias donde el cadáver de Lucía la espera. Está claro que no van a encontrar nada en las redes sociales, pero después de interrogar a los vecinos de las víctimas y hasta a los dependientes de los comercios más cercanos, siguen sin tener nada. Las grabaciones de las cámaras próximas a los portales donde vivían Valeria, Susana y Magda no les han mostrado ningún sospechoso. Son calles con una gran afluencia de gente, por lo que, o bien, tras estudiar la zona previamente, su asesino fue capaz de esquivarlas, o tuvo mucho cuidado a la hora de mostrar su rostro. No parece que el asesino deje nada al azar. A ver si hay más suerte con las cámaras que requisen en el barrio de Salamanca, ya tienen la orden en marcha, así que las grabaciones estarán al caer. Vega tiene un pálpito con la cámara del banco que hay frente al portal donde vivía Lucía. Según el forense, Lucía murió entre las tres y media y las cuatro de la tarde. Uno de los puntos positivos de la cámara de seguridad del banco es que no hay mucha distancia entre una acera y la contraria, así que no tendrán problemas a la hora de identificar a todo aquel que entró y salió de la finca, da igual la dirección que tomara, si izquierda o derecha, porque lo verán. Respecto a la legalidad de la cámara, que debería haber estado enfocando mejor el cajero automático y no tanto la acera de enfrente, es algo que Vega, por el beneficio de las víctimas, prefiere ignorar.

Quizá el Asesino del Guante se ha confiado, algo que suele ocurrir cuando llevas unos cuantos crímenes a tus espaldas sin consecuencias, y no ha sido tan cuidadoso esta vez.

—Joder, Hugo, pero qué mala cara tienes hoy, deberías haberte aplicado corrector de ojeras —espeta Astrid con desprecio, sin despegar la vista de la pantalla de su móvil y sin percatarse de que, últimamente, cada vez que se dirige a Hugo en la intimidad, espeta un «joder» seguido de su nombre.

Astrid acaba de subir una *story* desde la sala de espera VIP del aeropuerto. Como hace con cada cosa que publica, lo ve varias veces, aunque en realidad se admira a sí misma para encontrarse fallos que no existen y que solo denotan sus bien disimuladas inseguridades.

En media hora embarcan rumbo a Tailandia. Más de medio millón de seguidores, que son los que han visto la *story* publicada hace cinco minutos, ahora lo saben, y que sepan tanto de tu vida implica riesgos. Porque una de esas quinientas mil personas se encuentra a tan solo unos metros de distancia de los *influencers*, simulando ser alguien que no es y dispuesto a todo para cazar al *improbable* asesino de su hija.

La mala cara de Hugo se debe a que, al igual que la inspectora, no ha pegado ojo en toda la noche. Cuando escribió en Google «el asesino…», la primera sugerencia que le salió fue: «… del guante».

¿Cuántas personas han escrito en el buscador lo mismo que él, interesándose en esos crímenes, para que Google lo tuviera tan memorizado?

Pese al secreto de sumario, Hugo encontró todo tipo de información. Incluso hay capítulos enteros dedicados a estos crímenes en los podcasts más exitosos. Para su sorpresa, tal y como le contó Astrid anoche, conocen hasta los más ínfimos detalles, esos que solo debería conocer el culpable y la policía, por lo que no ocultan que ha habido información filtrada desde dentro.

«¿Quién se ha ido de la lengua? ¿Algún periodista con buenos contactos? ¿Hay un chivato en comisaría?», se preguntó Hugo.

El Asesino del Guante es también tendencia en Twitter (X desde que Elon Musk pagó cuarenta y cuatro mil millones de dólares para agenciársela), y hay opiniones de todo tipo. Los cadáveres desnudos de cuatro chicas jóvenes, guapas y pijas que, según los usuarios de X, no han dado un palo al agua en su vida, han aparecido, en poco más de dos meses, muertas por asfixia en las camas de sus pisos ubicados en zonas exclusivas de Madrid. Chamberí, los Jerónimos, Palacio y, por último, el conocido barrio de Salamanca en el que Hugo y Astrid vivieron de alquiler el primer año antes de comprar el chalet en Boadilla.

Los colchones, despojados de sus sábanas, estaban rociados de lejía, que todo el mundo sabe que elimina cualquier rastro, leyó Hugo con la mandíbula desencajada. El asesino, un tipo que, según los perfiladores, debe de ser muy atractivo, deseado y de alto status social, no ha dejado ni una sola huella, aunque deducen que la asfixia se produjo, en cada una de las cuatro víctimas, por una práctica sexual que consiste en la de obtener un mayor placer impidiendo la respiración de la pareja. Hugo leyó con sorpresa que al año mueren entre doscientas cincuenta y mil personas por esta causa. Se estremeció con solo pensarlo. Han transcurrido casi dos meses desde el 13 de mayo, día en el que se encontró a la primera víctima, que llevaba desde la tarde anterior muerta, añadía el artículo que le ha quitado el sueño a Hugo, revolucionando sus pulsaciones. Cuando el 9 de junio encontraron a la segunda chica, inmediatamente la relacionaron con la primera. Había demasiadas similitudes, no solo en el modus operandi, en el colchón desnudo rociado de lejía y en el extremo cuidado que el asesino ha tenido en no dejar ni una sola huella, sino también en el perfil de las chicas: jóvenes, guapas, ricas, independientes, emprendedoras. Y, después, una tercera el 23 de junio y una cuarta víctima ayer, 7 de julio, que ha desatado la locura no solo en redes, que es el campo que Hugo maneja, sino también en las calles.

El Asesino del Guante es un asesino en serie.

Actúa los viernes.

¿Por qué los viernes?

«Mañana la muerta podrías ser tú. No hables con extraños».

Cuando Hugo leyó los nombres de las chicas y los días exactos en que habían muerto o encontrado sus cadáveres, casi cae desplomado al suelo del cuarto de baño, instantes antes de entrar en la bandeja de entrada de su Instagram con la intención de borrar todo rastro que lo vinculara a ellas.

—Lucía… —murmuró—. Joder, Lucía…

Sin embargo, entre la multitud de mensajes, la mayoría de ellos sin leer, no encontró los que había intercambiado con las chicas muertas.

CAPÍTULO 5

No hay nada peor para un padre que enterrar a una hija. A su única hija. Cuando Vega Martín, que se presentó como inspectora de la Brigada de Homicidios y Desaparecidos del Cuerpo Nacional de Policía, llamó a Andrés Almeida, padre de Valeria, la primera víctima de un psicópata enfermo que la asfixió con tal fuerza que le partió la tráquea, creyó que el corazón se le iba a detener para, seguidamente, explotar de rabia.

En el momento en que su teléfono sonó y la inspectora le dio la noticia, se encontraba en un imponente despacho con vistas a la Puerta de Brandeburgo que se desvaneció ante sus ojos. Andrés no sabe cómo fue capaz de reunir las fuerzas suficientes para subirse a un avión de regreso a España y enfrentarse a la dolorosa realidad, encontrándose con esa inspectora y un compañero suyo haciéndole preguntas estúpidas que, debido al shock, no supo responder con claridad.

Hoy, en la sala VIP del aeropuerto de Madrid,

escondido tras una barba cana, espesa y descuidada poco frecuente en él, y unas gafas de sol que ocultan su mirada muerta, visualiza el cadáver azulado y frío de su hija con un gran hematoma en el cuello abrasado por la lejía, mientras escudriña desde la distancia las manos de Hugo Sanz. El chico, sentado a apenas unos metros de distancia de él y ajeno a su desgracia, sonríe al objetivo de la cámara del móvil que su novia sujeta con el pulso firme de un cirujano.

Habría sido demasiado fácil llamar a esa inspectora y decirle que había recordado algo que le dijo su hija en una de sus frecuentes llamadas telefónicas, pero no necesita a esa mujer para nada. Andrés presume de mejores contactos, altos cargos dispuestos a todo con tal de engrosar sus cuentas bancarias.

Andrés estaba muy unido a Valeria desde que Cecilia, la madre, falleció de cáncer. Valeria tenía trece años cuando se quedaron solos. Entre ellos no había secretos. Se lo contaban todo. Valeria era su mundo, el latido de su corazón, ahora hecho trizas. Tenía veinticinco años y había montado su propia empresa de organización de eventos, por lo que ya volaba sola, pero para Andrés siempre sería una niña. *Su* niña. Y un desalmado sin alma la había matado. ¿Acaso hay peor manera de desaparecer de un mundo cada vez más roto?

—Papá... he conocido a alguien.

—Mmmm... Nombre, apellidos, empleo, sueldo anual, propiedades —bromeó Andrés.

—Es *influencer*. Y de los buenos. Dos millones de seguidores.

—¿*Influ* qué? —rio Andrés. Claro que sabía lo que era un *influencer*, pero a él, empresario de otra generación, no le entraba en la cabeza que la gente pudiera vivir (y muy bien) mostrando su día a día en redes a millones de personas. Es como abrirle tu casa a un desconocido, ¿no? Y eso, tarde o temprano, tiene consecuencias. Es peligroso, uno nunca sabe quién hay al otro lado de la pantalla.

—Ay, papá, qué antiguo eres.

—¿Cómo se llama el chico?

—Hugo Sanz. Seguro que te suena, es superfamoso.

—Pues no. No me suena. Ya sabes que lo mío son las finanzas, no los famosos.

—Mañana he quedado con él. ¡Ya te contaré!

—Muy bien, hija, esperaré impaciente tu llamada.

La llamada de Valeria nunca llegó. Andrés se fiaba tanto de su hija, que siempre había sido responsable, con los pies firmes en la tierra, que ni siquiera buscó al tal Hugo Sanz ni por aplacar la curiosidad. Ya era mayorcita, podía quedar y disfrutar con quien le viniera en gana. Pero esa fue la última vez que Andrés habló con ella, despidiéndose apresuradamente porque tenía que entrar en una importante reunión que ahora, cómo son las cosas, es niebla en su cerebro. Si hubiera sabido que esa sería la última vez que iba a escuchar su voz…

En cuatro días se cumplirán dos meses desde que

se la arrebataron. Tardaron cuatro días en entregarle el cuerpo tras abrirlo en canal para realizarle la autopsia, y así poder enterrarla al lado de su madre en el panteón familiar. Cuarenta y ocho horas después del funeral, nublado por el dolor y en la soledad de una casa vacía de quinientos metros cuadrados inútiles, Andrés recordó esa conversación.

Y el nombre.

¿Qué nombre le dijo Valeria?

Tenía tantas cosas en la cabeza que recordar suponía un esfuerzo titánico. Y se sentía tan exhausto, tan destruido, que…

Sin embargo, cuando creó un perfil de Instagram anónimo y entró en el de su hija, lleno de comentarios de conocidos y desconocidos lamentando su muerte prematura y violenta, buscó entre las trescientas veintidós cuentas que Valeria seguía un nombre que le sonara de aquella conversación que ya le parecía lejana, como si nunca hubiera sucedido.

Y dio con él. Lo recordó como si su hija le estuviera susurrando el nombre al oído.

Hugo. Hugo Sanz.

El *influencer* con el que Valeria había quedado el día que la mataron.

El asesino de Valeria que se le metería entre ceja y ceja.

No bastaba con contárselo a esa inspectora y a su equipo para que lo investigaran. No darían crédito a su acusación, lo supo al cotillear el perfil de Hugo en Instagram, tan multitudinario como el de Antonio Banderas, uno de sus actores favoritos, pero ¿qué había hecho ese tipo para merecer que tanta gente lo siguiera y lo exaltara? ¿Enseñar músculo?

—Qué mierda —blasfemó con la amargura de quien ya no le ve sentido a nada—. El mundo se va a la mierda.

También buscó a Hugo en internet. Se tragó cientos de entrevistas, exclusivas, noticias... y miles de fotos, ocho de cada diez sin camiseta. No, no le harían caso. Era un padre desesperado, triste, y lo achacarían al dolor, en vista de los dos millones de gente anónima que sigue a Hugo Sanz en redes, porque, ¿qué tenía su hija de especial para que ese chico tan perfecto y tan famoso se fijara en ella? ¿Y cómo es posible que Valeria se dejara conquistar por un tío con novia, por la que proclama a los cuatro vientos su amor y devoción? No tiene sentido. Nada lo tiene desde que Valeria no está.

Andrés podría pagar a un detective. A dos, a diez, a los que hicieran falta para demostrar que Hugo es el Asesino del Guante. Podría contratar a los mejores abogados del país e incluso a un asesino a sueldo que haga el trabajo por él y se cargue al guaperas. Pero se trata de una cruzada demasiado personal que no tiene nada que ver con su saneada y excesiva cuenta corriente. Prefiere actuar él. E ir informando de cada uno de sus pasos a quienes de verdad pueden protegerlo, no a esos inspectores de pacotilla.

En cuanto vio las *stories* de Astrid Rubio, la novia, gracias a la cual Andrés empezó a saber dónde se encontraban en cada momento, decidió poner en marcha su plan, aun sabiendo que nada de lo que haga vaya a devolver a su hija a la vida.

Andrés empezó a seguir a Astrid en Instagram. Un seguidor más entre una marea de gente, más de cinco millones, un disparate. Pulsó el icono de la campana para que le llegara una notificación cada vez que la *influencer* publicara algo. Su móvil no ha parado de sonar a lo largo de estos casi dos meses. El móvil parece una prolongación del cuerpo de Astrid, ahora que la tiene delante lo puede comprobar con sus propios ojos.

Y entonces, ocurrió lo que Andrés, haciendo uso de su infinita paciencia, sabía que ocurriría, ya que a estos famosillos del tres al cuarto solo les falta pregonar su documento de identidad y su dirección postal: Astrid dio todos los detalles sobre el vuelo a Tailandia, la zona por la que se moverían, y hasta el resort en el que van a alojarse. Seguramente hasta le pagan una fortuna para que vaya hasta allí con su novio, enseñe las maravillas del lugar a sus fans, y los anime a ir, aunque la mayoría no puedan permitírselo.

Después de ver la *story*, Andrés tardó diez minutos en comprar un pasaje en primera clase y otros veinte en reservar una cabaña en el complejo hotelero Angkana Bungalows. Su cabaña, como la de los *influencers*, está ubicada en un tramo privado de playa de Thong Sala, un destino paradisiaco dentro de la isla Koh Phangan, a la que llegarán en ferry desde el aeropuerto Koh Samui.

Ahora está a punto de subirse al mismo avión que la fraudulenta *pareja perfecta*.

Llegará a la isla en el mismo ferry, a la misma hora, y es posible que les reciba el mismo botones, pero, por el momento, les espera un largo viaje en el que la *pobre* Astrid tendrá que superar su adicción al móvil.

Y, lo más importante, es que Andrés se alojará en el mismo resort. No va a perderlos de vista ni un solo instante.

En una maleta que acaba de facturar, Andrés tiene el contenido necesario para hacer de la vida de Hugo un infierno. Y él mismo se encargará de que hablen de Hugo, lleva semanas preparándose para este momento y estudiando cómo funcionan las redes sociales. ¿Pero acaso no es eso lo que el *influencer* ha buscado siempre, que hablen de él?

CAPÍTULO 6

Vega y Daniel llevan varias horas revisando las imágenes que captó la cámara de seguridad del banco que queda frente a la finca donde vivía Lucía. Las imágenes van desde primera hora de la mañana del viernes 7 de julio hasta las seis de la tarde, hora en la que la grabación les muestra a Cayetana Ramos, la amiga que encontró el cuerpo sin vida de la última víctima del Asesino del Guante.

Lucía y Cayetana habían quedado. A la amiga le extrañó que no apareciera ni contestara a sus llamadas, no era típico de Lucía, así que entró en el piso con el juego de llaves que tenía para emergencias. Tal y como les dijo cuando le tomaron declaración, Cayetana tuvo el pálpito de que la ausencia de Lucía era una *emergencia*. La víctima vivía sola y a Cayetana se le pasó por la cabeza que se había desmayado. Ella siempre le advertía que tenía que comer más, que no merece la pena saltarse comidas para mantenerse delgada, que lo que tenía que hacer era ir a un nutricionista y no cometer locuras, pero... lo que encontró fue algo muy distinto a lo que imaginaba. Cayetana les aseguró, aún en shock, temblorosa y con la voz quebrada, que no tenía ni idea de que Lucía tuviera un ligue o que ese día hubiera quedado con alguien horas antes que con ella. No le contó nada. Era muy reservada con esas cosas, añadió.

Los inspectores han visto entrar y salir de la finca a un desfile de empleadas del hogar uniformadas que les ha sorprendido, aunque sea algo habitual en el barrio de Salamanca. También han reparado en la presencia de varios repartidores que entraron en la finca a lo largo del día, y que no gastaron ni un segundo de su tiempo en quitarse el casco de la moto. Tocaban el timbre correspondiente, entraban en el portal, y salían a los pocos minutos a la velocidad de un rayo, que los paquetes no se reparten solos (todavía).

—¿Un café? —pregunta Daniel, aprovechando la cotidianidad de la pregunta para llevar su mano a la espalda de Vega y frotarla con suavidad y lentamente, muy lentamente... un gesto amable y cariñoso, dirían algunos, aunque para Daniel es algo más.

—No, gracias, ya llevo cinco —contesta Vega, ausente, frotándose la cara y apartándose un poco de Daniel para evitar el contacto—. Daniel, esto no... joder, tenemos que pillar a ese cabrón. Los de arriba presionan, la prensa presiona, la familia está tan decepcionada... ¿Qué estamos pasando por alto? —inquiere, señalando la pantalla congelada en el momento en que, a las 18.02 de la tarde, una señora de unos ochenta años elegantemente vestida y con un montón de laca en el pelo, sale a pasear en compañía de una cuidadora filipina, cruzándose en el portal con la amiga de Lucía—. La madre de Susana ha concedido una entrevista en la que se queja de la ineptitud de los investigadores. ¿Es eso lo que somos? ¿Unos ineptos? —se derrumba, apartándose el flequillo de la frente.

—No lo somos, Vega. Solo que… esta vez, sea quien sea, nos lo ha puesto difícil. Nunca es fácil, pero… —dice Daniel con todo el tacto del que es capaz, dada la compleja situación que Vega sufrió hace dos años. Es inevitable que este horrible caso le recuerde a otro que la afectó de una manera más… personal. La vida de la inspectora se convirtió en un infierno de la noche a la mañana. No lo vio venir, como ocurre con la mayoría de situaciones impactantes que escapan a toda lógica. Aunque parezca que Vega fue capaz de hacerle frente a la situación y seguir adelante, es inevitable que la marca que le dejó siga muy dentro de ella y llegue a obsesionarse con este tipo de sucesos que, inevitablemente, le recuerdan a lo que ocurrió.

—Vamos a revisarla una vez más. Y nada de acelerar la grabación.

—Nos puede llevar toda la noche, Vega…

—Me da igual. Como si hay que mirarla a cámara lenta y estamos encerrados aquí dos días, Daniel. Es imposible que la cámara del banco no captara al asesino entrando en la finca y saliendo.

«Moriría por estar encerrado dos días contigo».

Ay, esos pensamientos inoportunos y tan cuestionables en mitad de una investigación, Daniel…

—¿Y si no entró el día 7? —analiza Daniel—. ¿Y si ya estaba en el piso de Lucía desde el día anterior?

—A no ser que sea un vecino, en algún momento tuvo que salir, ¿no? No tuvimos tanta suerte con las cámaras de seguridad de los otros barrios en los que vivían las chicas, joder, para una cámara buena que tenemos, no podemos cagarla.

—Una cámara buena que debería estar enfocando hacia el cajero, no hacia el portal de enfrente —puntualiza Daniel, esbozando una media sonrisa.

—Y lo bien que nos ha venido…

—Eso sí. Venga, pues en marcha. Desde las once. Voy a por un café.

—No, espera… Ponla desde las cinco de la tarde —le pide Vega con un destello en los ojos.

Daniel obedece, conteniendo las ganas de volver a tocar a la inspectora. En lugar de salir al pasillo a por café, decide quedarse al lado de Vega, que, con el cuerpo echado hacia delante, el codo apoyado en una rodilla y la mano amasando de puro nerviosismo la barbilla, clava los ojos en la pantalla. Pero no ocurre nada nuevo, y eso que casi no se permite ni pestañear cuando el mismo desfile de empleadas del hogar uniformadas que ya ha visto antes, pasa ante sus ojos. Salen dos, detrás de ellas salen otras dos que están manteniendo una conversación, la más rezagada cierra la puerta, todas giran hacia la derecha, parecen ir juntas, van cargadas con bolsas que parecen de lino, típicas de la colada, nada fuera de lo normal…

Vega resopla, frustrada.

—Nada. Vale, buscamos a un hombre. Vamos a centrarnos en los repartidores, en los tipos que ni siquiera se quitaron el casco cuando entraron en el portal, en la hora de entrada y de salida de cada uno de ellos.

—Empezaron a llegar a las diez de la mañana —murmura Daniel.

—Aja… Bien, pues desde las nueve y media.

A las 12.06 del 7 de julio, según indica el margen inferior derecho y tras más de dos horas sin retirar la vista de la pantalla, los ojos somnolientos, irritados y exhaustos de los inspectores, captan algo de lo más revelador que, en el primer visionado, pasaron por alto.

—*Aloha!* Ay, calla, calla, qué tonta, si no estamos en Hawaii, sino en Tailandia —ríe Astrid de su propia broma sin gracia, grabándose cuando están a media hora de aterrizar, para así tener el vídeo preparado nada más poner un pie en el aeropuerto Koh Samui. Tantas horas sin dar señales de vida hunde la visibilidad en redes—. Sí, chicos, estamos a puntito de aterrizar y nos trasladaremos hasta Koh Phangan, una isla de ensueño, y que me perdonen por la pronunciación. De ahí, iremos hasta Thong Sala, donde están las cabañas del resort Angkana, y tenemos reservada una a dos pasos de la playa. ¡Es espectacular! ¡Qué ganas de llegar, chicos! Me he querido grabar aquí, en el avión, porque también os quiero enseñar cómo duerme Hugo para deleite de muchas de sus fans —vuelve a reír exageradamente, dirigiendo el móvil en dirección a Hugo, grabando un primer plano de su rostro sereno y tranquilo mientras duerme—. ¿A qué es guapo hasta dormido? ¡Y no ronca, qué suerte tengo! Bueno, os voy informando. Besitos, *ciao, ciao*, hasta luego.

El rostro sereno que el objetivo de la cámara del móvil de Astrid ha captado, dista mucho del mundo onírico en el que Hugo está inmerso. Está sufriendo una pesadilla. Porque, en lugar de ver las caras de las chicas muertas debajo de su cuerpo desnudo, ve a su madre, también muerta, mirándolo directamente a los ojos, suplicándole clemencia, gritándole que deje de ser un cabrón como su padre. A su vez, la mano de él envuelve el cuello delgado y enclenque de las chicas muertas, tal y como le permitieron, porque Hugo tiene una adicción y unas fantasías sexuales que con la chica que ahora mismo se mira a sí misma en la pantalla del móvil, no puede cumplir. Pero con *las otras...* Sí, *las otras* se dejaban hacer de todo aunque no quisieran, no se sintieran cómodas, no les gustara o lo temieran, solo por tratarse de ser él, y eso les ha costado la vida.

—¿Qué he hecho? ¿Qué he hecho? —murmura en

sueños, arrastrando las palabras, del todo ininteligibles.

—¿Qué dices? —le pregunta Astrid, apagando el móvil y mirándolo con los ojos entrecerrados. Enseguida se da cuenta de que Hugo sigue dormido, y que va a ser imposible entender lo que sigue repitiendo en bucle:

—¿Qué he hecho? ¿Qué he hecho?

Vaya vaya… la pareja que tanto presume de ser perfecta en las redes sociales, no lo es tanto en realidad, comprueba Andrés, en vivo y en directo, aunque no es algo que le sorprenda.

Como un turista más, arrastra su maleta de ruedas por el aeropuerto detrás de Astrid y Hugo, que no han parado de discutir y hablarse mal desde que han salido del avión. Únicamente se dedican miradas cómplices, sonrisas y palabras amables cuando le hablan al móvil que siempre sujeta Astrid, como si necesitara tener el control. Pero cuando no hay objetivo que los inmortalice, aun siendo para *stories* que solo duran veinticuatro horas, ella tiene por costumbre iniciar la discusión con un: «¡Joder, Hugo…!». Y él, quién diría que es un asesino sin escrúpulos, agacha la cabeza, la mira con el rabillo del ojo como un corderito a punto de ser degollado, y murmura algo que Andrés no alcanza a escuchar, o la ignora para no alargar la bronca.

Andrés saca su móvil.

Entra en el perfil @laparejaperfectaesunfraude que se ha creado en X, la red social más polémica que Astrid y Hugo apenas utilizan, y publica una foto de los susodichos. Salen de espalda, pero se les reconoce y se intuye que discuten. A él apenas se le ve, pero a ella sí, de perfil, el ceño fruncido, la boca abierta, gritando. Las etiquetas #LosCaris y #LosCarisEnTailandia, que así es como Astrid y Hugo se autodenominan en redes, algo, opina Andrés, bastante hortera y vergonzoso para gente que está a un par de años de cumplir los treinta, harán el resto para que el post en X tenga un buen alcance, así como la publicidad que está dispuesto a pagar para que le aparezca a todos los usuarios de la red de Elon Musk.

Hará lo mismo en Instagram, pero esperará a ver las reacciones en X antes de dar el paso y a no estar tan cerca de los *influencers*. No le conviene que lo pillen antes de tiempo, debe ser paciente. En X apenas entran, pero en Instagram se les escapa media vida.

El padre de Valeria sonríe con malicia mientras, sin perder de vista a la pareja, teclea:

La pareja perfecta es un fraude.
Siempre discutiendo. Se odian a muerte.
Yo lo he visto con mis propios ojos.
No son tan felices como os quieren hacer creer.
Os están engañando.
¿Lo veis?
@ByAstridRubio @ByHugoSanz

#LosCaris #LosCarisEnTailandia

Tras pensarlo un par de segundos, añade para un mayor alcance:

#ElAsesinoDelGuante

CAPÍTULO 7

En la reunión de equipo de primera hora de la mañana del lunes, Vega y Daniel muestran el momento clave, según sus sospechas, de la grabación de la cámara de seguridad del banco que han revisado durante el fin de semana.

—A las 12.06 vemos a un repartidor entrando en la finca después de esperar ocho segundos a que le abrieran desde arriba —empieza a decir Vega, cronometrando hasta el último segundo y controlando el mando a distancia para detener, poner en marcha o acelerar la imagen de la pantalla según convenga—. La furgoneta de SEUR que conducía entorpece un poco la visión, pero podemos ver que, detrás de él, antes de que la puerta se cierre del todo, entra un tipo con la cabeza cubierta por un casco de moto como hemos visto en otros repartidores antes, a partir de las diez de la mañana. Al principio, dimos por hecho que era un repartidor más, pero, mientras el anterior salió de la finca a las 12.10 tras entregar el paquete, se subió a la furgoneta y desapareció, el tipo del casco no salió hasta las 14.50 del mediodía. Lleva guantes —apunta, esbozando una media sonrisa—. Y una bolsa de deporte en la que cabe una botella de lejía y las sábanas desaparecidas de la cama de Lucía —especula.

—No era un repartidor. Y eso lo convierte en el principal sospechoso —añade Daniel.

—Alto, alrededor de metro ochenta, ochenta y cinco... delgado, fibroso.

—Bueeeno... fibroso... Yo diría que está bastante cachas, ¿no os parece? —interviene Begoña—. Lo malo es que con ese traje de motorista, el casco, los guantes... no enseña ni la piel de los brazos, algo raro en pleno mes de julio, con el calor que hace en Madrid. Pero, según el forense, Lucía murió entre las 15.30 y las 16.00, y ese chico salió antes. Las horas no cuadran.

—Lo tenemos en cuenta —contesta Daniel con el semblante serio—. Volveremos a hablar con el forense, cabe la posibilidad de que la muerte de Lucía se produjera antes. No hay tanta diferencia horaria.

—Debe de conducir una moto grande —sigue elucubrando Vega, manteniendo el contacto visual con sus compañeros, que se percatan de lo importante que es para la inspectora resolver este caso cuanto antes y así impedir más muertes—. Al salir de la finca, sabemos que giró a la izquierda, por lo que pasó por la calle de Núñez de Balboa donde suelen aparcar las motos en la acera, pero también cabe la posibilidad de que continuara recto por la misma calle, la de Don Ramón de la Cruz. Samuel, encárgate de recorrer esas calles para dar con todas las cámaras que puedan haber en los comercios. —El agente, conforme, asiente—. Estamos cerca, lo más cerca que hemos estado desde la aparición del cuerpo de Valeria, porque en este caso había una cámara enfocando las veinticuatro horas la finca en la que vivía Lucía, y eso es una suerte para nosotros —los motiva Vega—. Pero nos queda mucho trabajo por hacer. Interrogamos a los vecinos. Ninguno sabía nada, la mayoría no estaban en casa, pero las empleadas del hogar, sí. Hay que hablar con ellas. Hay varias en la finca, entre entradas y salidas, Daniel y yo hemos contado ocho. A las cinco de la tarde salieron cuatro.

—Al menos ese día —continúa Daniel, encogiéndose de hombros—. También hay que contactar con SEUR. Tenemos la matrícula de la furgoneta que ese día conducía el repartidor. Hay que hablar con él, quizá recuerde al chico que entró justo detrás e intercambiaron algunas palabras.

—Yo me encargo —se ofrece Begoña, que, anticipándose a las órdenes de sus superiores, ha anotado en la libreta que siempre la acompaña la matrícula de la furgoneta.

Cuando todos salen de la sala de reuniones, Vega vuelve a clavar los ojos en la pantalla. Escudriña al chico alto, fuerte, embutido en un traje oscuro de motorista y la cara oculta tras un casco, cuya visera negra imposibilita intuir siquiera sus rasgos. Daniel le dirige una mirada cargada de preocupación.

—¿Estás bien, Vega?

—¿Por qué no iba a estarlo?

—Conmigo no tienes que hacerte la fuerte... ya lo sabes. Han pasado dos años, pero no es algo que pueda olvidarse así como así, es normal que toda esta mierda te recuerde a lo que pasó.

—Por suerte no es algo que pase con mucha frecuencia, ¿no? Pero cuando pasa, ¿qué les empuja a esos bestias a hacer algo así?

—Fue lo primero que le preguntaste, ¿verdad? —adivina Daniel, la sombra de Vega durante los últimos cinco años. Pasan tanto tiempo juntos, que, a veces, pese a lo cerrada que suele ser Vega en ciertos aspectos, a Daniel le da la sensación de que puede leerle el pensamiento.

—Sí —confirma Vega, desviando la mirada hasta el dedo anular de su mano izquierda, donde ahora le parece imposible que en algún momento de su vida luciera un anillo de casada—. No contestó. Se limitó a sonreír de una manera que... —A Vega le entra un escalofrío al recordarlo. A Daniel le sorprende que, al fin, Vega esté compartiendo algo tan íntimo—... no sé, fui incapaz de reconocer al hombre con el que me casé. El hombre del que me enamoré no estaba ahí, en esa mirada, en esa sonrisa tan... perversa, como si se le hubiera metido un demonio dentro que lo hubiera empujado a hacer lo que hizo.

—Vega, no creo que el demonio tenga nada que ver en...

—Lo sé, lo sé. Es un decir. Supongo que nunca llegamos a conocer del todo a las personas con las que decidimos compartir la vida.

Hay una evidente diferencia en cómo reciben en Angkana Bungalows a los *influencers* en comparación con el resto de huéspedes, incluido Andrés, aunque se gasten una fortuna alojándose en el resort. A todos los que pasan por el mostrador les espera lo mismo, lujosas cabañas repartidas a lo largo de una extensión de arena blanca de una de las muchas playas de aguas cristalinas de las que presume Tailandia. Astrid y Hugo parecen monarcas, los trabajadores del complejo casi les hacen una reverencia al llegar. Mientras los atienden en recepción antes de acompañarlos hasta su cabaña, Andrés espera pacientemente detrás. Coge el móvil, entra en X, su post empieza a dar resultados. Mil doscientos *likes* y ochenta *repost*, cincuenta de los cuales han hecho comentarios:

¿Qué tienen que ver los tortolitos con el #AsesinoDelGuante?
¿Quién cojones eres?
Otro pirado. #CuentaFake
Acosador. Cuidado, @ByAstridRubio @ByHugoSanz
La gente está muy aburrida.
La pandemia no nos ha hecho mejores.

@ByAstridRubio @ByHugoSanz Estáis en peligro, un pirado os ha seguido hasta Tailandia. @policia, haced algo.

—Putos imbéciles... —masculla Andrés, apretando con tanta fuerza el móvil que parece que vaya a destrozarlo, en el momento en que Astrid y Hugo pasan por su lado mirándolo con el rabillo del ojo y pensando que el insulto ha ido dirigido a ellos por entretenerse más de la cuenta en recepción.

—Cómo nos envidian —suelta Astrid, esbozando una risita, lo suficientemente alto como para que Andrés la escuche, al tiempo que avanza en dirección al mostrador, donde lo atienden con una sonrisa, pero sin la extrema amabilidad que le han dedicado a los famosos *influencers*, «seres adorados de otra galaxia».

«En unos días sabrás con quien duermes. Y se te borrará esa sonrisa estúpida de la cara, niñata», piensa Andrés, dejando sobre el mostrador su pasaporte y su documento de identidad. Aprovecha para mirar a todos los empleados, a ver a cuál de ellos puede manipular por unos cuantos bahts.

Astrid lleva quince minutos hablando con sus fans en directo. Les promete *reels* de ensueño que aumentarán sus ganas de viajar a Tailandia y ver con sus propios ojos el paraíso en el que ella tiene la suerte de encontrarse. Y, aun estando en el paraíso, os dedico tiempo, parece estar pensando, porque, como les dice siempre a sus fans con una efusividad repelente: «¡Os quiero! No sé vivir sin vosotros».

—Me quedaría a vivir aquí para siempre —añade a la retahíla de boberías que ha ido soltando, toqueteándose su melena rubia y sedosa, mientras va leyendo los comentarios lo más rápidamente que puede. Si no manda saludos como le piden o no contesta a las preguntas, algunos fans se enfadan y no hay nada peor. Sin embargo, lo que más abundan son corazones, emoticonos varios, aplausos... a eso no tiene la obligación de contestar, pero hay un comentario muy respetuoso de un tal @nano91 que le provoca un vuelco.

Cuidado.
Entra en X. Tenéis un acosador.

—¿Cómo? —disimula Astrid, intentando no fruncir el ceño, que si lo hace le salen arrugas y es un gesto que queda muy feo delante de la cámara—. Eh... @nano91, ¿podrías explicarte mejor?

@nano91 no vuelve a contestar, y a Astrid le entra prisa por cortar el directo para abrir la red social X que apenas utiliza desde que Elon Musk se cargó el pajarito azul.

Hugo ha dejado a Astrid haciendo un directo en Instagram y se ha ido a correr por la playa, privada para los huéspedes del hotel y desierta a estas horas de la tarde. Pese al sueño por la diferencia horaria, el largo vuelo y la tormenta que revoluciona sus entrañas, solo el deporte es capaz de hacerle desconectar.

Esta no es una playa de arena blanca y aguas cristalinas en la que la gente viene a hacer deporte, sino todo lo contrario. A los huéspedes les gusta tumbarse en confortables hamacas, ser atendidos por serviciales camareros, darse un baño relajante en esas aguas de ensueño, presumir en redes, claro, para qué gastarse tanta pasta en un viaje si nadie lo va a ver, y contemplar el atardecer que baña el cielo en llamas como no pueden hacerlo en sus lugares de origen. Sin embargo, la playa está vacía. Es un remanso de paz; Hugo agradece que no haya gente.

Hasta hace unas horas, Hugo apenas recordaba a Valeria, a Susana o a Magda, porque para él, que tiene una vida intensa repleta de compromisos, dos meses, un mes, e incluso dos semanas, es mucho tiempo para acordarse de un nombre o de una cara. No obstante, Astrid lo ha metido en una realidad a la que ahora tiene que enfrentarse, intentando pasar lo más desapercibido posible. De Lucía sí se acuerda. Como para no acordarse, si solo hace cuarenta y ocho horas que se la estaba follando, y ahora... ahora es un cadáver más. Es por eso por lo que Hugo se ha dejado el móvil en la cabaña. Sabe que Astrid no tardará en suplir el trabajo de su agente y le presionará para que cree más contenido, pero ahora mismo Hugo siente que está tocando fondo, que la policía no es tonta, que no tardarán en relacionarlo con las víctimas del Asesino del Guante y que terminarán yendo a por él.

¿Y qué les dirá?

¿Que sí, que se acostó con todas esas chicas ahora muertas que le escribieron por Instagram y que le atrajeron lo suficiente como para contestarles y charlar y tontear de vez en cuando hasta quedar con ellas?   ¿Que es adicto al sexo?

¿Adicto a estrangular a la pareja para sentir mayor placer?

Un puto enfermo, eso es lo que ahora mismo considera que es, sintiendo asco de sí mismo. Si tuviera un puente delante, se lanzaría y se mataría sin pensarlo.

Pero también añadiría que no es la primera vez que padece lagunas mentales, especialmente en épocas de estrés, algo habitual en una vida como la suya con demasiadas presiones y expectativas. Y que es posible, aunque no lo recuerde, que fueran sus manos las que le arrebataron la vida a esas chicas. Hace cosas que después no es capaz de recordar.

¿Eso es posible? ¿Puede pasar? ¿Porque le parece tan descabellado y, al mismo tiempo, tan viable? Nunca había llegado tan lejos y cree que seguir buscando información en Google podría ser contraproducente. Siente que no puede confiar ni en su propia sombra.

Tras un último sprint de treinta metros, Hugo, sin

apenas aliento, se deja caer de rodillas sobre la arena. Se queda un rato así, con la cara enterrada entre las manos mientras el atardecer está a punto de dar paso a una cálida noche estrellada, cuando una mano le acaricia el hombro sin que él sospeche que es solo el primer paso de la tela de araña a la que está a punto de sucumbir.

CAPÍTULO 8

Luís Orduña es un chaval de diecinueve años que no lleva ni un mes trabajando como repartidor en SEUR. Como es normal, se pregunta si ha hecho algo malo para que dos agentes quieran hacerle preguntas. Es algo que no ocurre todos los días e impone lo suyo, así que se muestra nervioso aunque Begoña y Samuel, que lo primero que han hecho es mostrarle sus placas, han sido agradables desde el principio.

—Hace tres días, el 7 de julio a las 12.06, entró en el número 27 de la calle de don Ramón de la Cruz, en el barrio de Salamanca —empieza a decir Begoña con calma, mirando fijamente a un desconcertado Luís, que intenta recordar el reparto de ese día. No obstante, es complicado. Se mezclan calles, puertas, números de pisos, escaleras, ascensores, caras ahora borrosas por la rapidez de la entrega, paquetes pequeños, paquetes grandes…

—Supongo —contesta, encogiéndose de hombros—. No lo sé, es que suelo tener una media de cincuenta, sesenta repartos diarios... —se excusa apurado.

—Detrás de usted entró un chico alto, fuerte, vestido con un traje de motorista, con la cabeza cubierta con un casco negro.

«Ah, joder, sí».

Luís asiente comprimiendo los labios. Lo recuerda porque, por un momento, pensó que lo iba a atracar, aunque solo llevara calderilla y un móvil que no vale nada. Y es que así es como entran los atracadores en los portales: detrás de ti, a toda mecha, con violencia, como si tuviera prisa, aprovechando que acabas de abrir la puerta. Además, se acuerda de que era un tipo grande, le sacaba dos cabezas, así que no habría podido hacer nada contra él. Entró en el portal casi rozándole la espalda, y Luís se acordó del día en que a su abuela, después de sacar dinero en el banco, la atracaron de esa forma. A la pobre mujer no le dio tiempo a cerrar la puerta. Confiada, entró en el portal, y el malnacido del ladrón le dio un buen tirón para llevarse el bolso, tirándola al suelo. Fractura de peroné y no encontraron al cabrón que la asaltó.

—Me acuerdo —confirma Luís.

—¿Habló con él?

—No, qué va, ni me miró. Yo subí las escaleras, iba al segundo piso, y él se quedó esperando el ascensor. Ni siquiera nos saludamos.

—¿El hombre llegó a quitarse el casco dentro del portal?

—No.

—¿Recuerda algo significativo?

—Pues… lo que ha dicho, agente. Que iba vestido de negro, traje de motorista, guantes… la cabeza cubierta con un casco, la visera… creo que era negra, así que no le vi la cara. Era alto y fuerte, sí. Ah, y llevaba una bolsa de deporte.

Nada nuevo, se lamenta Begoña.

—¿Nada más, Luís?

—Lo siento, no… Bueno —corrige el repartidor, desviando la mirada hacia el techo—. Llevaba un reloj dorado. Diría que de oro. De los caros. Mientras yo subía las escaleras, giré la cabeza en el momento en que, mientras él esperaba el ascensor, levantó el brazo para mirar la hora. Verá, que alguien entre detrás de ti, con prisas, casi empujándote, pues… no sé, lo primero que se me pasó por la cabeza fue que me iba a robar, y al ver ese reloj, me acuerdo que pensé que estaba paranoico, que cómo me iba a robar ese tío, si debía de tener pasta para llevar un reloj así.

—¿Marca? ¿Algún detalle más sobre el reloj aparte de que fuera de oro?

—No lo vi, no… lo siento. Solo puedo decirles que el reloj brillaba mucho, por eso me llamó la atención. Además, el sol entraba por la portería, caía justo donde estaba él y… no sé, no sé más.

—¿Tiene alguna idea de en qué piso paró el ascensor? —tantea Samuel.

—Qué va, yo entrego los paquetes y no me entretengo,

me piro rápido, que hay mucho curro. Nos tienen explotados —zanja en un susurro para que el jefe no lo oiga.

—Claro. De acuerdo, Luís, muchas gracias por su tiempo —se despide Begoña, con la misma sonrisa conciliadora con la que ha iniciado las preguntas.

Vega y Daniel acuden al funeral de Lucía. También se presentaron al de las tres anteriores víctimas del Asesino del Guante, pasando desapercibidos. Este funeral no es distinto a los otros. Familiares y amigos rotos por la trágica pérdida de Lucía. Ojalá el psicópata al que pretenden dar caza jamás se hubiera cruzado en su camino. Ni en el de Valeria, Susana, Magda… existencias breves con un final violento que el paso del tiempo disipará. Pero aun así, cuánto duele. Por eso, los inspectores se encuentran en el Cementerio de la Almudena despidiendo a Lucía, por si en alguna de las caras empañadas en lágrimas de los afligidos perciben un gesto sospechoso, algo que les haga creer en el mito de que los asesinos acuden a los funerales de sus víctimas por morbo, aun manteniéndose ocultos a unos metros de distancia.

Y es detrás de un imponente panteón que data de finales del siglo XIX, donde Vega vislumbra una presencia de lo más sospechosa.

—Daniel, mira ahí —le indica en un susurro.

Hay un tipo vestido con traje de motorista (pero

esta vez sin guantes, sin bolsa de deporte ni casco que le cubra la cabeza y oculte su rostro) presenciando el adiós a Lucía desde detrás del panteón. Parece tan absorto, que cuando se percata de que Vega y Daniel caminan con decisión en su dirección, ya es tarde para echar a correr y, sin embargo, lo intenta, lo que obliga a los inspectores a echarse una carrerita por el cementerio que no pasa desapercibida.

—¡Alto! ¡Policía! —grita Vega, corriendo detrás del tipo hasta derribarlo y darle alcance.

El chico, de unos veintitantos años, metro ochenta, ochenta y cinco, complexión fuerte como el sospechoso y propietario de una moto de gran cilindrada que ha dejado aparcada fuera del camposanto, es incapaz de oponer resistencia cuando se encuentra tirado bocabajo con Vega encima de él y Daniel sacando unas esposas.

—Yo no he hecho nada —lloriquea—. Yo no he hecho nada, yo solo… yo la quería, joder, yo la quería.

Hugo, abatido y casi sin aliento, se da la vuelta y sus ojos se entrelazan con los de una tailandesa preciosa que lo mira con el semblante cargado de preocupación.

—¿Español? —le pregunta. Hugo solo es capaz de asentir con la cabeza—. *¿No estar bien ti?* —añade en un castellano torpe. Su voz es dulce, tanto como su sonrisa y sus ojos rasgados color avellana que lo miran, aun sin conocerlo, con un amor que Astrid no ha sido capaz de demostrarle jamás. ¿Pero se puede mirar con amor a un desconocido? Mmmm... Hugo, yo creo que no, pero allá tú con tus ensoñaciones—. *Yo Malai, ¿y ti?*

—Malai —repite Hugo en un murmullo, levantándose y situándose frente a ella—. Hugo.

—*Yo bailar aquí. ¿Ver a ti esta noche?*

Hugo traga saliva y asiente sin estar muy convencido, pues no tiene ni idea de los planes de Astrid, más centrada en crear contenido que en disfrutar del paraíso en el que se encuentran.

—Bien. —Malai baja la mirada y sonríe. Es una sonrisa tímida y coqueta que a Hugo le pone a mil y lo primero que se le pasa por la cabeza es que nunca ha estado con una tailandesa—. *Luego a ti veo.*

—Luego te veo —la corrige Hugo.

—¿Eh?

—Que se dice: luego te veo.

—Ah. Okey. Luego te veo, Hugo.

Andrés pasea por la orilla de la playa simulando estar centrado en el móvil y de vez en cuando en el fabuloso cielo del atardecer, cuando en realidad tiene la vista clavada en Hugo, quien no repara en su presencia porque está demasiado pendiente del contoneo de caderas de Malai alejándose de él. Ese cabrón no aprende. Se le cae la baba con la bailarina tailandesa a quien le ha pagado un adelanto de ciento quince mil bahts, a falta de otros ciento quince mil, un total de siete mil ochocientos euros que para él no son nada pero para ella es una fortuna por la que está dispuesta a hacer cualquier cosa.

Cualquier cosa. Sin sospechar que seducir al *influencer*, algo bastante apetecible y fácil según le ha dicho Malai a Andrés cuando este le ha enseñado su cuenta de Instagram, implica el riesgo de morir por aplastamiento de tráquea. Seguramente, Hugo ya se está poniendo cachondo con solo imaginarlo, elucubra Andrés.

«Cabronazo. Puto enfermo».

En Tailandia, las cárceles no son como las de España, los presos son tratados sin compasión, como si fueran ganado. Además, Hugo podría ser condenado a muerte. El padre de Valeria se encargará de que así sea, de que el asesino de su hija sufra lo indecible y pague caro los crímenes cometidos en Madrid y el crimen que, está convencido de ello, cometerá. Le da veinticuatro horas. Cuarenta y ocho, a lo sumo. Hugo es de los tipos incapaces de evitar caer en la tentación, es de los imbéciles que tropiezan con la misma piedra una y otra vez. Con lo bobo que parece, ¿cómo es posible que no lo hayan pillado? Andrés lo siente por Malai, de verdad que sí, porque parece buena chica, pero es la única que puede ayudarlo a enterrar en vida al *influencer* y, para ello, debe morir.

Disimuladamente, Andrés le ha hecho una foto a Hugo hablando con la chica. Tiene mirada de idiota,

¿qué le ven?

En X, su cuenta @laparejaperfectaesunfraude sigue recibiendo insultos y amenazas, hay más avisos a la policía, advertencias a los *influencers*: «Alguien os está siguiendo, tened cuidado». Pero la realidad es que diez mil usuarios lo han empezado a seguir con ansias de novedades. A Andrés le daría por reír si su pena no fuera tan honda. Deberá dar el paso de empezar a publicar en Instagram y destronar a la pareja *perfecta*, a ver si sus seguidores son tan protectores con ellos como en X.

Lo primero que Astrid hace al cortar el directo con una sonrisa que casi le provoca una arcada y ver la publicación en X de la cuenta creada el día anterior, @ laparejaperfectaesunfraude, es llamar a su agente. Tiene el corazón desbocado y se le ha formado un nudo en la garganta fruto de la ansiedad, ya que la publicación que ha subido tiene cientos de reacciones, la mayoría defendiendo y alertando a la pareja de *influencers*, pero aun así, esto le da muy mala espina.

—Nos ha seguido hasta Tailandia, Belinda. Está aquí. Ha estado con nosotros en el avión, en el ferry… antes de subir nos hizo la foto y la publicó en X, ¿lo has visto? ¿Y si se aloja en el mismo resort que nosotros? —inquiere con horror.

—Tranquila, Astrid. A ver, ¿qué os va a hacer? —le resta importancia Belinda. Si no fuera por todo el dinero que Astrid le hace ganar, ya haría años que la hubiera mandado a freír espárragos.

—Por el momento, nos ha hecho una foto discutiendo cuando íbamos de camino al ferry. Salgo fatal, superdesfavorecida, Belinda, con cara de mala hostia... mis fans nunca me han visto así. Eso mancha nuestra reputación de pareja perfecta.

—Nooooo..., Astrid, eso os hace humanos... Huma-nos —recalca Belinda armándose de paciencia, con ganas de cortar la llamada y volver al sofá junto a su novio para poder seguir viendo la serie *After Life* sin más interrupciones.

—Ya, ¿pero por qué ha incluido el *hashtag* del Asesino del Guante? ¿Qué tenemos que ver con eso? —sigue confundida Astrid.

—Locuras... Locuras, Astrid, tranquila, seguro que lo ha hecho para tener más visitas porque no se habla de otro tema y es tendencia en X. Bueno, en X y en todas las redes sociales...

La agente tiene una respuesta bastante plausible para todo y le ha empezado a hablar a su clienta como si fuera una niña pequeña con miedo a la oscuridad.

—Tendencia... —resopla Astrid.

—Disfruta y desconecta, cariño. Y crea mucho contenido, que te vendrá bien.

—Eso haré...

—Olvídate de eso, eh, no te obsesiones, que nos conocemos.

—Lo intentaré.

—Así me gusta.

Las evasivas de la agente no han acabado de convencer a Astrid. Tiene miedo. Sí, la *influencer* tiene miedo, porque, aunque a veces no lo parezca y se asemeje a un témpano de hielo, es hu-ma-na. Lo malo de ser tan conocida es que, a veces, le entra la paranoia y cree que cualquier persona puede ser un peligro a causa de la obsesión que muchos demuestran por ella, por Hugo, por la vida que llevan y de la que, sí, lo reconoce, da demasiados detalles. De este viaje en concreto, dio *demasiados* detalles, porque Astrid sabe que es algo que gusta a sus fans, pero ahora se arrepiente. Hay alguien obsesionado con ella hasta el punto de seguirla hasta Tailandia, o le tiene manía y la odia, pero, tal y como le ha dicho Belinda, ¿qué va a hacer? No puede hacerle nada. Ella es intocable. Bastaría con hacer otro directo en Instagram para disuadir a quienquiera que haya creado esa cuenta con la intención, deduce, de arruinar su carrera. O, espera espera…, ¿será otra *influencer* envidiosa con ansias de robarle el trono? Es muy probable. A lo mejor hasta ha contratado a alguien. A un *paparazzi* que va a estar haciéndole fotos en momentos que no convienen que salgan a la luz.

—Mmmm… sí, podría ser eso —le dice a la nada, tranquilizándose en el acto, porque mejor eso que un fan loco, obsesionado, cabreado o una mezcla de las tres cosas.

«Bueno, pues seguiremos fingiendo hasta cuando

creemos que no hay un objetivo inmortalizándonos»,
decide, muy a su pesar, aunque eso suponga tener que ser
amable con Hugo las veinticuatro horas del día y poner
esa cara de idiota al mirarlo que solo compone cuando
sabe que la fotografían o la graban.

Astrid abre la puerta acristalada de la habitación, que
está unida al salón por un arco de madera tallado a mano
con cientos de filigranas que no se detiene a contemplar,
y sale al porche también revestido de madera y rodeado
de palmeras y otras plantas tropicales que le otorgan
la tan ansiada privacidad. En la extensión de arena de
esta paradisiaca playa privada, desierta a estas horas de
la tarde, hay otras cabañas similares, todas tan lujosas
como la de Astrid y Hugo.

Astrid se apoya en la barandilla. Su pie desnudo
desciende el escalón y roza la arena, mientras contempla
el atardecer de fuego que luce espléndido frente a ella.
Piensa en crear un *reel* con estas vistas de ensueño que,
durante un par de minutos, le estropea el hombre barbudo
y desgreñado. Recuerda haberlo visto antes en recepción.
Ha sido el que los ha llamado «Putos imbéciles», Astrid
cree que por envidia. El tipo, de unos cincuenta y cinco,
sesenta años, pasea tranquilo por la orilla sin darse cuenta
de que ella lo observa. La cotizada *influencer* da un paso
adelante, ahora pisa la arena con los dos pies, y, a lo
lejos, justo en el momento en que se pregunta dónde se
habrá metido Hugo, lo ve. No está solo. Lo acompaña
una chica muy bajita de melena negra, larga y lacia y

figura escultural. Astrid no le ve la cara, le da la espalda, pero Hugo la mira como si fuera un milagro. Siempre le gustaron las morenas. Los rasgos exóticos. Las chicas bajitas y maleables. Es que ni fuera de Madrid puede estar tranquila. Con Hugo todas caen como moscas, y tenerlo controlado las veinticuatro horas del día le está pasando factura. Es agotador. Astrid, rabiosa, aprieta tanto los puños que, al abrir las manos, ve las marcas, una hilera de pequeñas medialunas que le han dejado sus largas uñas de porcelana.

Inspira hondo, vuelve al interior de la cabaña, y se dice a sí misma:

—Es lo que hay. Tengamos la fiesta en paz —espeta resignada, dispuesta a grabar un *reel* del atardecer que acompañará de la melodía a piano que esté más de moda en Instagram y en TikTok. Se dará una ducha que espera que la relaje para hacer la pantomima delante del *paparazzi* contratado por la competencia desleal, y se pondrá guapa para la cena. En recepción le han dicho que hay espectáculo incluido y que la comida tradicional del país es sensacional. Pero Astrid, empeñada en decir que su extrema delgadez es gracias a una buena constitución y que apenas tiene que hacer nada para mantenerse así, es de las que no vacían el plato, al contrario, lo deja casi intacto, tal y como el camarero de turno se lo ha servido. Una pena.

CAPÍTULO 9

Roberto Espinosa, el motero que ha sido visto en el funeral de Lucía y ha echado a correr en cuanto Vega y Daniel lo han descubierto, se ha negado a hablar con los inspectores sin la presencia de su abogado. Durante la espera, a Vega y a Daniel les ha dado tiempo a saber que Roberto es hijo del segundo mayor accionista de una importante entidad bancaria, por lo que se trata de alguien con buenas influencias capaces de sacarle de cualquier apuro. Ha tenido varias denuncias por acoso de las que ha salido airoso y, en abril de 2019, fue acusado de violación, pero no llegaron a juicio. Lo que también saben los inspectores, y es un dato relevante en la investigación, es que hace medio año salió con Lucía durante un par de meses. La relación no fue a más, les ha confirmado Cayetana, la amiga que sigue hundida tras haber descubierto el cadáver de Lucía. Lucía no quería saber nada de Roberto, les ha asegurado.

—A ver, es que yo creo que Roberto se obsesionó con Lucía, aunque ella no le daba mucha importancia. Lucía decía que solo era... bueno, insistente. Un romántico. Ella fue quien cortó con él, lo pilló con otra. Desde entonces, Roberto le empezó a enviar cientos de wasaps, la llamaba varias veces al día... raro era el día que no intentaba contactar con ella. Siempre era lo mismo: que lo perdonara, que se había equivocado, que él solo quería estar con ella, que estaba arrepentidísimo y no volvería a pasar... Lo típico. Hasta la esperaba en el portal de su casa cuando sabía que iba a salir, e intentó en más de una ocasión entrar a altas horas de la madrugada... pero Lucía nunca le abrió.

—¿Lucía dijo alguna vez que Roberto le daba miedo?

—Eh... no, miedo no —ha negado Cayetana con cierta inseguridad.

—No interpuso ninguna denuncia contra él —ha deducido Vega.

—No. Lucía decía que era muy pesado, pero un día reconoció que, en el fondo, le hacía gracia que un chico con bastante éxito como Roberto luchara tanto por reconquistarla aunque ella le dejara claro que no volvería con él. Así que era insistente, vale, pero, que yo sepa, nunca le hizo nada.

«Nunca hacen nada, o eso parece... Hasta que, cuando deseas no haberlo conocido nunca, ya es demasiado tarde», se ha lamentado Vega, segundos antes de agradecerle su colaboración y cortar la llamada.

Roberto no lleva el reloj que, según el repartidor de SEUR, llevaba puesto el chico con el que coincidió en el portal. Reloj de oro con pinta de ser muy caro que refulgía en su muñeca, les ha informado Begoña, como un detalle clave a tener en cuenta. Es una coincidencia que hayan pillado a Roberto con un traje de motorista no igual, pero sí similar al del chico que aparece en la grabación. Además, tiene la misma altura y complexión que el sospechoso que entró a las 12.06 y salió de la finca a las 14.50, aunque el forense mantiene que su informe es correcto y que tiene la seguridad de que a esa hora Lucía seguía viva.

Están a la espera de la llegada del abogado para poder hablar con Roberto, y también de la orden para proceder a la triangulación de su móvil y así establecer si el 7 de julio estuvo por los alrededores y entró en la finca, aunque, si lo planeó bien y se dejó el móvil en casa, no podrán situarlo en la escena del crimen.

—Que no tenga nada que ver con las anteriores víctimas no significa que no sea el asesino de Lucía —especula Vega—. Podría haber imitado al Asesino del Guante para que no sospechen de él.

—Es lo que pasa cuando se filtra tanta información —se lamenta Daniel.

—Que sepan hasta lo de la lejía no es bueno... salen imitadores, como puede ser el caso, y entorpecen la investigación —interviene Begoña, al tiempo que Vega mira a su alrededor. No sería la primera vez que un compañero filtra información a un periodista por un suculento dinero extra pagado en negro, pero no tiene tiempo de encargarse del asunto. Ahora, su prioridad es descubrir si Roberto es el asesino de Lucía, aunque no puede implicarlo en los anteriores crímenes. Tampoco tendría cómo demostrarlo, y el rastreo de su dispositivo móvil solo les dará la información del día en que Lucía fue asesinada. Vega está convencida de que ese chico no mató a Valeria, Susana y Magda, ni siquiera las conocía, pero a Lucía… Si no tuviera nada que esconder, no habría salido huyendo cuando han reparado en su presencia en el cementerio, ¿no?

El abogado de Roberto mira por encima del hombro a los inspectores, especialmente a Vega. Todos conocen la historia de la inspectora Martín. Nadie dijo que ser la exmujer de un asesino en serie fuera fácil, y menos si esta exmujer es una policía que ha tenido que soportar que algunos compañeros y hasta jueces, fiscales y abogados, crean que hizo la vista gorda.

—¿De qué se le acusa a mi cliente?

Es Daniel quien se encarga de darle la información al abogado, aunque este haya venido sobradamente preparado. A continuación, lo hace pasar a la sala donde Roberto lo recibe sacudiendo la cabeza y poniendo los ojos en blanco.

—Roberto, ¿por qué, al vernos, ha intentado escapar? —empieza a preguntar Daniel.

El chico mira de reojo al abogado, que asiente con la cabeza como diciéndole que conteste:

—No sé, ha sido un… impulso. Veníais tan directos

hacia mí que me he asustado.

—Si no tuviera nada que ocultar, no se habría asustado, y lo normal es que se hubiera presentado en el funeral de Lucía como uno más, no escondiéndose detrás de un panteón —ataca Vega—. Sabemos que usted salió con Lucía durante dos meses hace medio año y que fue ella quien le dejó al pillarle con otra. Desde ese momento, usted la acosó a diario. Wasaps, llamadas, visitas a deshoras a su portal... De hecho, hemos visto que tiene varias denuncias por acoso y otra por violación en abril de 2019.

—Fueron denuncias falsas, inspectora, que, como habrá podido comprobar, no llegaron ni a juicio — interviene el abogado con una calma que hiela la sangre—. No sé si está al corriente de quién es mi cliente, pero procede de una familia con mucho poder y dinero. Eso atrae a ciertas chicas con intereses ocultos, incluida Lucía que...

Vega calla al abogado dando un golpe seco sobre la mesa. No va a consentir que siga diciendo sandeces, su cliente no es ningún santo. Daniel la agarra del antebrazo para que se calme, mientras el abogado sonríe cínico, altivo, dedicándole a Vega una mirada similar al de una águila cuando está a punto de cazar a su presa.

—Lucía Alegre fue asesinada el 7 de julio —prosigue Vega tras una inspiración profunda, escudriñando la expresión de Roberto, a quien le tiembla el mentón. Parece estar haciendo un esfuerzo sobrehumano para contener el llanto de… ¿De qué, inspectora? ¿Qué ves en su expresión? ¿Arrepentimiento? ¿Pena? ¿Culpa? ¿De qué será?—. La cámara de seguridad del banco que hay frente a la finca donde vivía Lucía, grabó a un tipo vestido con traje de motorista parecido al que lleva su cliente, pero aquella mañana ocultaba su rostro con un casco. Entró a las 12.06 y salió a las 14.50 haciéndose pasar por un repartidor más, pero los repartidores no tardan ni cinco minutos en salir del portal, y él permaneció dentro del edificio casi tres horas.

—Y usted está dando por sentado que, por un simple traje de motorista, mi cliente entró en el portal. Según los informes forenses a los que he tenido acceso, esa chica fue asesinada entre las tres y media y las cuatro de la tarde, por lo que, si tal y como insinúa, mi cliente salió de la finca a las tres menos diez, no se le puede atribuir ningún crimen. Entiendo su desesperación por atrapar al Asesino del Guante, inspectora Martín, los de arriba deben de ejercer una presión difícil de soportar, pero no puede ir deteniendo a la gente así como así y mucho menos a alguien como mi cliente. Porque esto, créame, va a tener consecuencias.

Efectivamente, las consecuencias no tardan ni un minuto en llegar. El comisario Antonio Gallardo abre la puerta de sopetón con la frente perlada en sudor, como si hubiera tenido que correr una maratón para llegar hasta aquí. Gallardo les dice a Roberto y a su abogado que se ha tratado de una confusión, que disculpen a sus «subordinados», y que pueden marcharse, que no les molestarán más.

—¡¿Pero se os ha ido la cabeza?! —les chilla el comisario a Vega y a Daniel cuando se quedan solos—. ¿Vosotros sabéis de quién es hijo ese chaval al que habéis tratado como a un criminal?

—Comisario, con todo el respeto, nos falta la orden para comprobar la triangulación de su móvil —alega Vega—. Pero es de la misma altura y complexión que el tipo que vimos en la grabación de la cámara de seguridad del banco, en el pasado tuvo varias denuncias por acoso, una por violación y…

—¡No es él, inspectora Martín! —la interrumpe el comisario con violencia—. Y la orden para rastrear su móvil ha sido denegada.

—No digo que sea el Asesino del Guante, dado que Roberto no conocía a las anteriores chicas, al menos que sepamos, pero, como ya sabe, se ha filtrado información clave a la prensa y es posible que haya imitado el crimen para no levantar sospechas sobre su persona. Salió con Lucía dos meses. Según Cayetana, la amiga que encontró su cadáver, Roberto la acosaba, aunque Lucía no le daba mucha importancia.

El comisario sacude la cabeza.

—El 7 de julio Roberto Espinosa se encontraba en Salamanca, varios testigos pueden confirmarlo, pero no vamos a molestar a nadie más. Si a lo largo de esta semana no tenéis nada, abandonáis el caso del Asesino del

Guante, el equipo de Gutiérrez se encargará. Entiendo, inspectora Martín, que esto sea algo muy personal y que te recuerde a lo que ocurrió hace dos años. Así que, si no vas a poder con la presión, te agradecería que me lo dijeras ahora mismo para no perder más tiempo.

A más de diez mil kilómetros de Madrid y en un entorno más apetecible que la sala gris y austera de una comisaría, las cosas tampoco marchan bien. Hugo no se entera de nada. Para él solo existe la chica tailandesa que ofrece un exótico baile para los huéspedes que están cenando en la terraza con olor a salitre y llena de lucecitas colgando de las palmeras de Angkana.

Que Astrid esté más pendiente del móvil que de disfrutar el momento no es nada nuevo, pero que la red social X le muestre una nueva publicación de @ laparejaperfectaesunfraude no es plato de buen gusto. En esta ocasión, su acosador o acosadora no la menciona a ella directamente, pero ha publicado una foto de un momento que recuerda a la perfección. En la foto aparece una chica de espaldas hablando con Hugo. En la imagen se intuye que a él se le cae la baba, aunque hay algo de desconcierto en su expresión. La foto se ha hecho hace unas horas, por lo que la *influencer*, más lista de lo que aparenta, recuerda que en esa playa solo estaba Hugo con esa chica (¿es la bailarina a la que se está comiendo con los ojos?), ella desde el porche de la cabaña, y el antipático

barbudo y desgreñado dando un paseo, aseguraría que
con el móvil en la mano. La foto está hecha con zoom,
a cierta distancia, pero tiene buena calidad y a Hugo se
le reconoce a la perfección. ¿Pudo ser hecha desde otra
cabaña? ¿O el tipo barbudo es el *paparazzi* contratado
por la competencia que le quiere arruinar la carrera y
ocupar su lugar?

Ni de vacaciones con su chica puede ser fiel.
Hugo vuelve a las andadas.
#Laparejaperfectaesunfraude
#ElAsesinoDelGuante

Astrid lee con horror el *hashtag:*

#ElAsesinoDelGuante

¿Por qué lo hace?
Acaso está insinuando que Hugo es…
«Dios… esto me supera. Es demasiado».
Le da la sensación de que la cabeza le va a estallar.
Tiene que compartir esto con Hugo o le va a dar algo y
ya lleva demasiadas horas sin publicar una *story*. Pondrá
como excusa que esto es demasiado bonito como para
estar centrada en el móvil. A veces, es necesario parar y
descansar de las redes, dirá, porque también es hu-ma-na
y hay que desconectar. Qué bien suena en su cabeza, sus
fans le aplaudirían, pero qué falso resulta cuando no se lo

cree ni ella.

Mira a su alrededor en busca del tipo con barba con el que se cruzaron en recepción y al que vio paseando por la playa justo detrás de Hugo y la tailandesa.

Ni rastro de él.

La mayoría de mesas están ocupadas por parejas que, al contrario que Hugo y ella, sí parecen estar viviendo una *perfecta* luna de miel sin necesidad de fingir ni de mostrar su amor al mundo a través de las redes. La ensalada de papaya tiene muy buena pinta, pero Astrid no ha probado bocado, se le ha cerrado el estómago sin tan siquiera contar las calorías del plato, que no deben de ser muchas.

Mira de reojo a Hugo, le sonríe. Por si acaso hay algún objetivo inmortalizando el instante, es importante que no la capte enfadada, imperfecta o asustada. No quiere darle más publicaciones controvertidas al *paparazzi*.

Sin que Hugo le preste la más mínima atención, Astrid le susurra al oído:

—Oye, deberías contenerte un poco... se te cae la baba con la bailarina, parece que olvidas que estás conmigo, Hugo.

Lo peor de todo, es que la bailarina tailandesa, exótica y preciosa, ha ubicado a Hugo y parece que le esté dedicando un baile privado. Ha clavado sus ojos en él y no los aparta, la muy desvergonzada, aun estando ella al lado percatándose de la situación.

—Perdona, ¿qué has dicho? —vuelve a la realidad Hugo, tragando saliva. Si Astrid supiera lo que se le está pasando por la cabeza... las fantasías que Malai está despertando en él... lo dura que se le ha puesto...

Astrid vuelve a mirar a su alrededor en busca del indeseable, se gira bruscamente y agarra a Hugo de la barbilla en un gesto de posesión, aproximándolo a sus labios.

«Venga, ahora, haz la foto, cabrón», piensa Astrid, besando a Hugo con tal intensidad que le corta la respiración. Él no la corresponde como Astrid querría, y ni con esas la caradura de la bailarina aparta la mirada, al contrario. ¿Está sonriendo?

—Oye, creo que deberías saber algo, Hugo.

—¿Qué pasa?

A Hugo le extraña la suavidad con la que Astrid se dirige a él. ¿Dónde han quedado los «Joder, Hugo...»?

—Entra en X.

—¿En Twitter?

—Ahora se llama X.

—Ya, pero nunca entramos en esa red social, Astrid, está llena de odio, bulos, cuentas *fake*... y tendrás que dejarme tu móvil, porque me he dejado el mío en la cabaña.

—Han creado una cuenta:@laparejaperfectaesunfraude. Me da que no va a tardar en usar también Instagram. Es sobre nosotros, Hugo, hay alguien aquí, en este mismo resort, que nos ha seguido desde Madrid —le cuenta con un hilo de voz, sin sacar a relucir sus sospechas sobre el tipo de la barba con el que se han cruzado en recepción—.

Deberíamos esforzarnos en mostrar nuestra mejor cara, que no vuelvan a fotografiarnos enfadados o...

—¿Pero qué dices?

Lo que Hugo querría decirle es: «Se te está yendo la olla, estás loca».

—Además, han puesto un *hashtag* bastante raro en las publicaciones que nos conciernen —insiste Astrid, acercando la cara a la de Hugo, que la aparta sin poder reprimir una mueca de asco.

—¿Cuál?

—#ElAsesinoDelGuante. No tiene nada que ver con nosotros, claro, Belinda dice que es para llamar la atención y que como es el tema del momento, es una estrategia para que la publicación tenga mayor alcance entre los usuarios, pero no deja de ser incómodo y retorcido, porque, a ver, esas pobres chicas...

Astrid inspira hondo, vuelve a abrir X y le tiende su móvil a Hugo, que es incapaz de sostenerlo por el temblor que se ha apoderado de sus manos.

—Hugo... ¿Pasa algo? —se preocupa Astrid, al ver su rostro desencajado. Hasta ha palidecido varios tonos—. ¿Hay algo que tenga que saber? —inquiere, mirando a la bailarina que, provocativa, sigue sin quitarle el ojo de encima al *influencer*.

¿Pero qué *influencer* que se precie no lleva el móvil consigo?

Yo te lo diré: uno que tiene mucho que ocultar y que prefiere vivir en una cómoda mentira.

Vaya, pues igual no son tan perfectos, qué decepción.

@laparejaperfectaesunfraude ¿quién eres? Da la cara.

¿Con quién está Hugo? ¿Dónde está Astrid? ¿No tenía que ser un viaje "perfecto" de enamorados?

¿Y si @ByAstridRubio y @ByHugoSanz nos la han estado colando y ni siquiera son pareja? Se veía venir. No son más que un producto. #TodoPorLaPasta

¿Pero a quién le importan estos dos vividores?

@ByHugoSanz, se te ve el plumero.

¿Será @ByAstridRubio una cornuda? Por fin puedo sentirme identificada con ella. Ja, ja, ja.

Lo más turbio de @laparejaperfectaesunfraude es que acompañe las publicaciones con #ElAsesinoDelGuante. ¿Por qué lo hace?

¿Porque @ByHugoSanz es #ElAsesinoDelGuante? Joder, ¿os imagináis?

Bien, las reacciones empiezan a ser las esperadas, piensa con deleite Andrés, a la espera de que el recepcionista le indique que los quinientos mil bahts que le ha pagado por adelantado han sido la mejor inversión que ha hecho para cazar a Hugo, gracias a las discretas cámaras espía que a estas horas está acabando de colocar en lugares estratégicos de la cabaña en la que se alojan los *influencers*.

Qué satisfacción le ha dado a Andrés esta segunda publicación en X, ni que llevara toda la vida manejando las redes sociales. Bueno, es que incluso han empezado a sospechar que el *influencer* puede ser el archiconocido Asesino del Guante solo por el *hashtag*, cuánto poder tiene un *hashtag*, rumia.

Y luego está la reacción de Astrid, a quien ha percibido incomodísima durante la cena en el rato que ha salido de la cabaña para espiar a la pareja. Y es que Hugo, aun estando a su lado, parecía estar a kilómetros de distancia. No le ha hecho caso, ni la ha mirado. Se nota demasiado que ha perdido la cabeza por Malai. ¿Veinticuatro, cuarenta y ocho horas? ¡JA! Estaba equivocado. Andrés no le da a Hugo ni doce para caer en la tentación. Malai ya lo tiene loco y con muy poco. Espera tener suerte y que todo suceda en la cabaña, con él como testigo dispuesto a grabar el momento, soportarlo pese al doloroso recuerdo de su hija, muerta de la misma manera en la que cree que verá morir a Malai a través del monitor, y entregar el contenido a la policía. O difundirlo antes en redes, no lo ha decidido aún.

Parece fácil. Aunque casi nada lo sea en esta vida, esto parece demasiado fácil si sale como espera. Las fotos que ha hecho del momento *velada romántica* entre Astrid y Hugo son extraordinarias. Andrés está convencido de que darán mucho de qué hablar, sobre todo si sigue añadiendo el *hashtag* que está enloqueciendo a todo el mundo, hasta llegar a la conclusión deseada: ¿@laparejaperfectaesunfraude está insinuando que Hugo Sanz es #ElAsesinoDelGuante?

En el tercer post que Andrés publicará en X, Astrid aparecerá centrada en el móvil, como es habitual, pero con cara de espanto. Probablemente ya le han advertido que en X hay alguien que quiere destrozarles la vida y echar por tierra este viaje que parecía tan perfecto como ellos, aunque para Andrés es revelar una incómoda verdad que puede salvar la vida de la popular *influencer*, mientras Hugo la ignora como si fuera un elemento más de decoración de la recargada terraza en la que se encuentran.

CAPÍTULO 10

Marco Ruíz lleva dos años cumpliendo condena por el asesinato de ocho mujeres en la prisión Soto del Real que Vega pisa ahora con la necesidad de encontrarse con él. Es una manera de enfrentarse a su pasado para envalentonarse con el presente que le ha tocado vivir. No lo ve desde el juicio, donde Vega, con el alma despedazada, no podía creer que llevara cinco años casada con un asesino. Marco fue arrestado gracias a la mujer que estaba destinada a ser la novena víctima, aunque el inspector Gutiérrez y su equipo llevaban unos días teniéndolo en el punto de mira. Milagrosamente, la mujer logró escapar, llevándose con ella una prueba: el anillo de casado de Marco que siempre le fue flojo y tenía que ir recogiéndolo cada vez que se le caía del dedo, con la inscripción grabada en letra cursiva *Vega & Marco*, y la fecha del enlace, *28-05-2016*.

Dos años antes

Ocho mujeres de entre veintisiete y treinta y cinco años torturadas, rotas, duramente golpeadas y degolladas, desnudas de cintura para arriba. La investigación no había avanzado mucho desde que en noviembre de 2020 encontraron el cuerpo sin vida de la primera víctima en el embalse Molino de la Hoz, en la localidad de Las Rozas. Las ocho víctimas del asesino al que apodaron el Descuartizador, tenían algo en común: todas acudían al mismo psicólogo, José Gago, que, en un principio, fue el primer sospechoso, pero gracias a su adicción al trabajo y a su amplia vida social, lo descartaron enseguida y llegó a colaborar con la policía para resolver los crímenes.

¿Cómo iban a desconfiar de Marco, también psicólogo en el mismo centro que José pero que nunca trató a esas mujeres, si era el marido de la inspectora Vega Martín? La coartada perfecta la tenía en casa, dormía con ella cada noche y atacaba a las pacientes de otro profesional, no a las suyas. Marco se creyó intocable y, aunque al principio funcionó, fue uno de sus mayores errores.

Actuaba con rapidez y de noche, cuando era muy difícil que hubiera testigos, y lejos de las cámaras de tráfico que nunca lo captaron porque sabía sortearlas con maestría. Conocía las rutinas de las mujeres que iban a terapia. Las seguía en las sombras durante semanas. Las atacaba cuando bajaban la guardia en parques solitarios, aparcamientos, en los portales de sus casas... Lo hacía a punta de navaja, como un vulgar atracador. Esquivaba sus pataletas, las dormía con cloroformo o les propinaba un fuerte golpe en la cabeza que las dejaba KO al instante. Las metía en el maletero de su coche que luego se esmeraba en limpiar para borrar todo rastro de sus víctimas. Sabía muy bien qué dirección seguir para que ninguna cámara de las muchas que hay en la ciudad pudieran involucrarlo en los asesinatos, las esquivaba desviándose por carreteras secundarias, polígonos, caminos sin asfaltar. Lo tenía todo previamente preparado desde que se cruzó con cada una de ellas en los pasillos del centro, teniendo acceso a sus historiales y a información privada como la dirección de sus domicilios.

Todas vivían solas. Un dato importante.

A cada una les había adjudicado un destino final, creyéndose Dios sin serlo. No las violaba; de hecho, Marco reconocería que no tenía ningún interés sexual en ellas. Marco, el mismo Marco que le llevaba el desayuno a la cama a su mujer y le regalaba flores aunque no hubiera motivo, el que habría hecho cualquier cosa por Vega, a quien adoraba desde que se conocieron por amigos en común en una boda, disfrutaba torturando a desconocidas para terminar rebanándoles la cabeza cuando aún tenían un hilo de vida. Según él, esas mujeres eran un peligro para la sociedad por tener las mismas «taras mentales» que la madre que le destrozó la infancia, un secreto que ni siquiera había compartido con su mujer.

Marco tardó mes y medio en llevarse a su segunda víctima, Laura Ortiz, cuyo cadáver apareció en la Colonia Marconi del polígono industrial de Villaverde, que enseguida relacionaron con el crimen del embalse por la evidente similitud. Y llegó una tercera víctima, y una cuarta, una quinta, sexta, séptima, octava… El centro prescindió de algunos psicólogos. Marco, delante de Vega, se mostró preocupado y agobiado por su incierto futuro en el centro. Desde los asesinatos, varios pacientes empezaron a anular sus citas y eran más las bajas que las altas. Sin embargo, y pese a que las víctimas acudían al centro, todavía no había sospechas de que alguien de dentro estuviera implicado, aunque sí sospecharon de dos pacientes con antecedentes.

Se enfrentaban a un asesino en serie al que tuvieron delante de las narices todo el tiempo, porque a Marco, al igual que al resto de empleados, le tomaron declaración, y aun así, no lo supieron ver. Era un tipo agradable, tranquilo y apuesto, rozaba la perfección. Aunque no hubiera sido marido de quien era, tampoco habría despertado sospechas.

Cinco de las ocho pacientes asesinadas de José Gago acudían a su consulta por ansiedad, una por problemas de adicción, otra por traumas en su infancia y la cuarta víctima por esquizofrenia. Las ocho habían muerto a manos de un sádico sin piedad. Sin embargo, en el momento menos pensado, siempre ocurre algo que logra poner punto y final a tanta maldad.

Milena Lázaro, una exmilitar que iba a ser la novena víctima de Marco, había aterrizado en Madrid hacía escasas semanas después de haber estado nueve meses en el Líbano, por lo que solo llevaba cinco sesiones con José Gago cuando bajó al aparcamiento y sintió la punta afilada de una navaja en el cuello. Marco lo tuvo difícil con ella, algo que no tuvo en cuenta pese a conocer su pasado militar. Lo suyo no era una simple pataleta sin apenas fuerza ni resistencia; Milena sabía defenderse. Y a Marco, confiado, ese día se le olvidó quitarse la alianza, la prueba irrefutable que jamás pensó que lo llevaría a prisión. En menos de lo que dura un parpadeo, el asesino se vio tirado en el suelo de cemento sin la navaja, con un fuerte golpe en la cabeza y desprovisto de su anillo. Ese anillo que siempre le fue flojo porque no acertaron con la talla.

Milena no tardó ni media hora en presentar la alianza en comisaría.

La providencia quiso que Milena se topara con el por aquel entonces subinspector Daniel Haro, quien reconoció la alianza al instante. Después de atar cabos, realizó una llamada a Gutiérrez, el inspector encargado del caso, que reconoció que hacía días que tenían a Marco en el punto de mira y bajo vigilancia. Daniel no llamó a Vega, con quien había estado tomando una cerveza esa misma tarde y con quien hablaría más adelante, convirtiéndose en el hombro sobre el que ella derramaría todas las lágrimas sin sospechar que, durante el proceso, provocaría que el matrimonio de Daniel y Sara se rompiera.

A las 21.20, Marco era arrestado en su propio domicilio ante una atónita Vega vestida en pijama.

A las 23.30, Marco, con una mirada febril y una sonrisa retorcida, reconoció con orgullo ser el autor de los ocho crímenes.

El Descuartizador, después de todo el daño causado, por fin tenía nombre. Si Vega no hubiera sido su mujer, se lamentó Gutiérrez, lo habrían investigado desde el principio, no habrían esperado meses y habrían podido evitar todo ese dolor innecesario a las víctimas, a sus familiares y amigos... Vaya excusa con tal de no aceptar el poco olfato que habían tenido. Una parte de Vega se sentía culpable, o así se lo hicieron creer, insinuando que ella debía de olerse algo pero que prefirió mirar hacia otro lado y callar.

A fin de cuentas, ¿quién habría sospechado que el marido de una compañera tan respetada en el cuerpo fuera un asesino en serie?

Ahora

A Vega se le revuelve el estómago al volver a ver a Marco, tan desmejorado que parece que la cárcel le haya echado veinte años encima. Ojalá nunca salga de aquí. Porque Vega cree que volvería a actuar, que el hombre al que amó es un sádico con graves problemas mentales que no merece

101

ni el aire que respira. Qué contradictorio que estudiara la carrera de psicología y se atreviera a tratar a sus pacientes cuando, a la vista está, el que necesitaba tratamiento era él. Y Vega se pregunta, como si no lo hubiera hecho suficientes veces, qué vio en Marco. Cómo fue capaz de aparentar ser alguien que en realidad no era durante tanto tiempo. La inspectora se da cuenta de que el hombre que la mira con burla ya no significa nada para ella. Le da la sensación de que lo que tuvieron, boda incluida, y menos mal que no hubo hijos de por medio, forma parte de otra vida, no de la suya. Y que no fue ella quien sufrió aquella época en la que se sintió tan sola, porque la gente no sabe cómo tratarte cuando te toca vivir de cerca una tragedia así. El camino más fácil y menos incómodo para ellos es hacerte el vacío, *ghosting*, se le llama ahora, escabullirse como si fueras a contagiarles tu desgracia. El único que estuvo a su lado incondicionalmente fue Daniel. Vega se lo agradecerá siempre.

Vega vuelve a formular la misma pregunta que ha recordado delante de Daniel y que hace dos años se quedó sin respuesta:

—¿Qué se te pasó por la cabeza? ¿Qué es lo que impulsa a una persona a arrebatarle la vida a otra?

Vega quiere entenderlo. Lo necesita. Un perfilador estudia las acciones criminales, se basa en teorías y tópicos, pero la verdad se esconde en la mente de esos monstruos, tan parecidos entre ellos y a la vez tan distintos. Solo ellos tienen la respuesta, aunque, cuando tienen la suerte de darles caza, desvelan una mínima parte dejando un vacío enorme en ese *por qué* que suele enquistarse. El resto, las opiniones de los profesionales, aunque válidas, no son más que conjeturas. La realidad siempre es más retorcida.

—Estás llevando los crímenes del Asesino del Guante, ¿verdad? —Vega tensa la mandíbula, ni confirma ni desmiente. Sabe que los presos, aunque estén merecidamente alejados de la sociedad, se enteran de todo lo que importa—. ¿Tan difícil te resulta asimilar que hay quien disfruta provocando dolor? Mi madre disfrutaba haciéndome daño. Mi madre tenía ansiedad. Traumas de la infancia. Esquizofrenia. Como mis víctimas. A la mayoría nos mueven los traumas del pasado. ¿Lo entiendes?

—No lo entiendo. Nunca lo entendí. Lo que hiciste, pese a la infancia de mierda que tuviste y que ocultaste, es una salvajada. Esas mujeres no tenían culpa de nada.

—Bueno, es una salvajada para ti. Para mí tenía sentido. Lo sigue teniendo. Yo solo salvé del infierno que viví a los posibles descendientes de esas enfermas. Es posible que el asesino al que quieres pillar tenga mis mismas motivaciones. Que se preocupe por el futuro de gente que ni siquiera ha nacido para poder borrar su propio pasado. No sé, a mí me ayudaba, ¿sabes? ¿Has indagado en el pasado de esas chicas? A lo mejor no eran tan santas como creéis.

—No se trata de que fueran santas o no. Nadie lo es. Se trata de...

Vega sacude la cabeza. ¿Qué está haciendo? ¿Por qué le sigue el juego? ¿Por qué deja que la provoque y la manipule hasta el punto de darle una información que a él ni le va ni le viene?

—No tendría que haber venido.

—Pues a mí me has alegrado la tarde, Vega. Te echo de menos.

Vega se levanta, dispuesta a no perder ni un segundo más de su tiempo.

—Ojalá nunca te hubiera conocido. Pero son cosas de las que te das cuenta cuando ya es demasiado tarde.

—No todos pueden decir que sus ex son unos asesinos en serie, ¿no? Tendrás algo interesante que contarle a tus nietos. Ah, no, espera, que ni siquiera te has echado novio todavía... Mi recuerdo te sigue persiguiendo, Vega, y así será siempre, no te fíes ni de tu propia sombra, ¿cómo vas a fiarte de otro hombre, eh?

«¿Cómo sabe que soy incapaz de confiar en nadie?», se pregunta Vega, mirándolo con el desprecio que merece.

—Los malos siempre terminan pagando, Marco. Mírate —espeta Vega con desprecio.

—Los malos, ya... según a quien le cuentes la historia, Vega. Para algunos soy un héroe. Para otros fui una víctima de una sociedad enferma, de una madre maltratadora que fue mi veneno. Para la mayoría soy un monstruo, lo admito. Pero para otros, como el asesino al que buscas, soy un ejemplo a seguir.

—¿Qué quieres decir?

Por un momento, Vega cree que su exmarido sabe algo. Al segundo, deshecha la idea. Solo lo hace para llamar su atención, para retenerla aunque solo sea un minuto más y así no regresar a la celda de ocho metros cuadrados que, a la vista está, lo tiene podrido. Es imposible que estando aquí, Marco conozca la identidad del Asesino del Guante.

—Siempre es quien menos esperas. Siempre. Si no, mírame. Míranos. ¿Quién nos lo iba a decir?

Marco se levanta, dedicándole una media sonrisa ladina a la que fue la mujer de su vida, le da la espalda y se acerca a un guardia que lo acompañará de regreso a su celda. El monstruo ha conseguido lo que quería, que no es otra cosa que sembrar la duda en Vega, quien ahora tendrá que batallar con esas palabras como si su exmarido se las estuviera susurrando al oído una y otra vez: «Siempre es quien menos esperas».

Pese al calor, que golpea a Vega nada más salir de la cárcel, agradece no tener que volver a ese espacio claustrofóbico en el que no debería haberse metido. A ciertas personas como Marco, si es que a ese diablo se le puede llamar persona, es mejor dejar en el pasado. Es donde merecen estar: enterradas en algún recoveco de la mente que es conveniente no desenterrar. En eso anda pensando Vega de regreso a su coche, cuando se encuentra con Daniel, que la espera con aire inquisitivo.

—Daniel. Cómo sabías que...

—Tengo contactos. Y, por cómo te está afectando el

caso del Asesino del Guante, sabía que vendrías. ¿Cómo ha ido? ¿Has encontrado la respuesta que andabas buscando?

—Creo que no he formulado bien la pregunta.

—Ya... Suele pasar. —Daniel se rasca el cuello, signo inequívoco de que algo lo inquieta—. ¿Te apetece una cerveza?

—¿Te acuerdas del día en el que nos besamos?

Vega Vega... Qué rabia te ha dado que tu exmarido sepa que no has vuelto a estar con nadie desde que lo encerraron, que no te fías de ningún hombre, que estás amargada, que no eres feliz.

Daniel comprime los labios, sonríe, reconoce que:

—Llevo tiempo esperando que saques el tema, Vega. Yo no me atrevía.

—Íbamos un poco borrachos. Al día siguiente me dio la sensación de que no había pasado, pero...

—... pasó.

Y, de repente, vuelve la actitud desafiante, la culpa, esa culpa que no te deja seguir adelante, Vega, aunque el hombre al que miras te gusta muchísimo, así que, de la nada, te inventas que:

—No estuvo bien, Daniel. Trabajamos juntos. Te estás divorciando de Sara.

—¿Y?

—Que quiero dejar las cosas claras. Es complicado y yo no... no estoy preparada —se excusa, volviendo a pensar en lo que le acaba de decir Marco, el maldito monstruo que, pese a estar encerrado, parece estar dirigiendo sus palabras—: No va a volver a pasar nada entre tú y yo, Daniel.

El inspector esboza una sonrisa asintiendo repetidas veces con la cabeza. Vega es incapaz de saber qué piensa tras esa máscara de comprensión que trata de ocultar la decepción.

—Vale. ¿Sigue en pie esa cerveza?

—Sí. Como amigos.

—Bien, inspectora. Solo como amigos —recalca Daniel, aunque el aire pícaro con el que lo ha dicho hace desconfiar (para no variar) a Vega.

—Joder, Hugo, pero di algo —le pide Astrid, mientras Hugo sostiene el móvil con manos temblorosas y lee las reacciones de los usuarios de X con respecto a los posts que @laparejaperfectaesunfraude ha publicado.

—No sé ni qué decir —resuelve Hugo, controlando los nervios y tratando, sin demasiado éxito, volver a respirar con normalidad.

«Piensa, piensa… Piensa qué pasó después», se repite Hugo, sin hallar una luz al final del túnel que esclarezca los hechos.

Cuatro chicas muertas.

Cuatro chicas que le escribieron por Instagram, con las que tonteó durante un tiempo porque las veía guapas, abiertas, simpáticas… creyó que podía confiar en ellas, que serían discretas. Y, un día, aceptó la proposición de ir a sus apartamentos y pasar un rato secreto y… ¿divertido?

¿Pero fue divertido para ellas, Hugo? ¿Estás seguro?

Levanta la mirada, la centra en Malai, contoneando las caderas al ritmo de una música cada vez más fuerte, más estridente, más insoportable. Es como si sonaran mil tambores al mismo tiempo en lugar de dos. A Hugo le da la sensación de que los tímpanos le van a reventar.

—Tengo… —A Hugo se le ha formado un nudo en la garganta y sigue temblando. Le devuelve el móvil a Astrid—. Tengo que salir de aquí.

Astrid no dice nada. Solo espera que el *paparazzi* no merodee por los alrededores y fotografíe este momento en el que Hugo le da plantón, levantándose de la silla como si le hubiera dado un calambre y abandonando la terraza del resort. Incómoda, fija la mirada en la bailarina, que sigue a lo suyo como si el único espectador para el que parecía bailar continuara admirándola como el cerdo que es, y le hace un gesto a un camarero para que se acerque.

—Necesito alcohol —le pide en un inglés perfecto—. Lo que sea, pero que me haga olvidar esta noche de mierda.

Andrés se encuentra centrado en la pantalla dividida en seis escenarios en vivo y en directo gracias a las minúsculas cámaras de vigilancia de nueve milímetros capaces de captar imagen y sonido de forma inalámbrica. Alcanza los cien metros máximo, y, teniendo en cuenta que la cabaña de Andrés está situada a unos cincuenta metros de la de los *influencers*, podrá ver y escuchar todo cuanto ocurra sin problema.

Saman, recepcionista del turno de noche, se ha colado en el interior de la cabaña de Astrid y Hugo para repartir las cámaras espía en los lugares estratégicos que Andrés le ha ido ordenando por walkie-talkie con complejo de James Bond: una cámara en la entrada camuflada en el tronco de una palmera artificial que abarca todo el salón, una en el cuarto de baño y tres en el dormitorio, que ahora Andrés observa desde varios ángulos, de frente y a ambos lados... La cama, vacía a estas horas con el reflejo de la luna entrando por el ventanal, es el escenario más importante. Es donde Malai morirá, se teme Andrés, obviando el escalofrío que le recorre la columna vertebral. Cuando Saman ha visto un móvil en la mesita de noche, su avispado instinto de quien ha tenido que sobrevivir en las calles le ha dicho que ese jefe raro y turbio que le va a pagar una gran cantidad de dinero, a lo mejor lo quiere para algo, y Andrés, claro, ha visto la luz.

—Tráeme ese móvil y luego vuélvelo a colocar donde estaba —le ordena a través del walkie-talkie.

Dicho y hecho.

Desbloquear el móvil de Hugo no ha sido tan difícil como pensaba, para eso lleva semanas tragándose cientos de tutoriales en Youtube.

—Has hecho un buen trabajo, Saman —confirma

Andrés, abriendo un cajón y sacando otros quinientos mil bahts que le tiende a un feliz (y nuevo rico) Saman—. Gástalo con cabeza.

—Gracias, señor.

—Ni una palabra de esto.

—No, señor.

—Así me gusta.

«También me gusta que no hagas preguntas», se calla Andrés, sonriendo con satisfacción. Aquí, por unos cuantos billetes, nadie hace preguntas, así da gusto.

Seguidamente, Andrés retira la mirada del monitor para centrarla en el movimiento que ha percibido con el rabillo del ojo en la extensión de arena blanca.

En el momento en que Andrés sale al porche de su cabaña, Saman se retira de regreso a recepción, esperando que sus compañeros no sospechen nada ni se hayan dado cuenta de su ausencia y de que ha cogido una copia de las llaves de la cabaña de esa pareja guapa que hace unas horas lo ha mirado con la altivez de quien se cree superior.

—Mira a quién tenemos aquí… —murmura Andrés para sí mismo, observando a Hugo, que ha dejado a su novia plantada en la terraza del restaurante, y ha decidido pasear en soledad por la orilla. Parece tenso, nervioso, Andrés aseguraría que está llorando, aunque, quién sabe, es solo una silueta en la noche. Aun así, puede percibir sus hombros hundidos, la cabeza gacha, sus pasos errantes.

Mmmm…

¿Sentirá algún tipo de remordimiento por lo que ha

hecho?

¿Dormirá bien por las noches?

Sería tan fácil salir, acercarse a él y estrangularlo con sus propias manos... Y así acabar con todo de una condenada vez sin más muertes ni planes retorcidos ni policía de por medio, se dice Andrés, con los ojos vidriosos, pensando en su hija y recordando que su cuerpo lleva dos meses pudriéndose bajo tierra por culpa del hombre que aún no sabe que su vida *perfecta* está a punto de saltar por los aires.

CAPÍTULO 11

Esto se veía venir.

La carne es débil, Vega, y Daniel está de muy buen ver. Siempre te ha parecido guapo, el más atractivo de comisaría, sin importarte que estuviera casado, porque tú también lo estuviste y mira cómo acabó. Es normal que el cariño y la atracción surgiera entre ambos cuando estabas hundida en la mierda. Aún sigues estándolo. Queda mucho camino por delante, Vega, lo sabes, lo asumes. Por eso necesitas el calor de otro cuerpo para contarte una mentira: no estás sola. No del todo. Aún hay esperanza. Y Daniel está en proceso de divorcio. Por ti. Pero eso no lo sabes. Ni lo llegarás a saber.

Así que...

... después de solo un par de cervezas, por lo que en esta ocasión la borrachera no sirve como excusa, Vega y Daniel terminan en el apartamento de ella, a dos calles del bar Casa Maravillas de Malasaña, donde han estado hora y media evitando hablar de trabajo y de asesinatos macabros, que ya llevan unos cuantos casos a sus espaldas que tela.

Daniel ha sacado a relucir el tema de su divorcio con Sara. Han hablado de que la decisión más importante en esta vida es la de elegir pareja. Vega ha comentado que, a estas alturas, le parece dificilísimo encontrar a alguien a su medida con quien encaje a la perfección, y ha sido en ese momento cuando ha saltado la chispa. Como si hubieran caído presos de un hechizo, se han mirado a los ojos, aunque más bien se han atravesado con la mirada, y Daniel ha aprovechado para extender la mano, acariciar la de Vega y se han dejado llevar.

—Sabes que no es buena idea, Daniel.

—Lo sé.

—Que lo que te he dicho antes iba en serio, lo pienso de verdad, no lo he dicho por decir. Que me cuesta, que aún no...

—¿No te gustó?

—¿El qué?

—El beso que nos dimos.

—No he podido arrancármelo de la cabeza —ha confesado Vega en un murmullo, para sorpresa de Daniel.

—Ni yo.

De camino al apartamento de Vega y a pesar de la vocecilla interior que le susurraba «está mal, esto está muy mal, es un compañero, no sigas, no, por ahí no... no hay que mezclar trabajo con placer...», no han podido dejar de besarse, de tocarse, madre mía, cómo alguien de comisaría los vea... Han subido las escaleras de la antigua finca pegados como lapas y a Vega le ha costado un gran esfuerzo separase de los labios de Daniel para centrarse en encajar la llave en la cerradura y abrir la puerta.

Han llegado a la cama casi desnudos y jadeando, con las espaldas resentidas por los golpes que se han ido dando contra la pared del pasillo que conduce al dormitorio, resolviendo así una tensión sexual que viene de muy lejos, de otra vida, como diría una amiga mística que tuvo Vega, que ahora mira a Daniel mientras él se hunde en su interior con una cadencia lenta e intensa, y le da la sensación de que no solo él se moría por verse en esta situación. Ella, en el fondo, también, desde que él fue su mayor apoyo cuando descubrieron que Marco era el Descuartizador. Inesperado, doloroso, absurdo. Sí, la vida se volvió absurda para Vega.

Sin embargo, y pese a pecar de pesimista, este tipo de momentos en los que nos quedaríamos a vivir suelen tener fecha de caducidad. En cuarenta y dos minutos exactos, Vega, todavía en una nube de la que cree que tardará en bajar, se arrepentirá de lo que acaba de ocurrir, asimilando que la mala suerte la persigue con respecto a los hombres con los que comparte cama.

No, inspectora, efectivamente, el palo que estás a punto de recibir te enseñará una vez más que debes seguir sin fiarte de nadie.

¿Y así cómo se vive?

Pues sola, inspectora.

Siempre sola.

Si no fuera por la hilera de cabañas dispuestas en una fila en perfecta armonía, Hugo gritaría en mitad de esta playa desierta para sacarse de dentro la angustia que le quema. No obstante, no está solo. Lo sabe. Se siente observado, como si tuviera unos ojos clavados en la nuca. Aunque Andrés ha vuelto a sentarse frente al monitor con todas las estancias de la cabaña de los *influencers* a su disposición, de vez en cuando mira a Hugo de reojo. Se siente más tranquilo teniéndolo controlado. Al padre de Valeria, nada le haría más feliz que Hugo se metiera en el agua y lo devoraran los tiburones. Una muerte lenta, cruel, dolorosa. Pero nada de eso ocurre. Hoy no.

Astrid, que acaba de llegar a la cabaña, está desnuda en el cuarto de baño. Se mira en el espejo con desagrado buscándose mil defectos que no existen. Mientras tanto, Malai hace acto de presencia en la playa. Por un momento, Andrés cree que no tiene nada que ver con el dinero que le ha pagado, que a la tailandesa su «víctima» le ha atraído lo suficiente como para no tener que fingir.

—Hola. *¿Ti triste?* —pregunta Malai con tono melifluo, a un Hugo desconcertado, que lo que menos esperaba era tener compañía en esta noche estrellada.

—No es «ti», es «tú», y se dice: «¿Estás triste?» —la

vuelve a corregir Hugo, esbozando una media sonrisa.

—Estás.

—Sí, lo estoy.

—¿Por qué?

—Porque creo que he hecho algo muy malo, pero lo peor es no recordar. Mi mente es... hay un vacío, un hueco... no sé cómo explicarlo —confiesa, más para sí mismo que para la chica que lo mira embelesada, perdiéndose en esas palabras cuyo significado no acaba de captar.

—¿Malo?

Hugo traga saliva, se le corta la respiración.

«Malo».

«Sí, malo. Es posible que haya hecho algo muy malo y no una vez, sino cuatro. Es posible, pero si no recuerdas algo, ¿cómo sabes que ha sucedido?».

Hugo mira al frente para evitar esa cara bonita que busca respuestas, compañía, dinero, una conversación, sexo... quién sabe. Quién sabe qué buscamos en la compañía de los otros. Lo peligroso que es hablar con desconocidos. Nunca sabes qué intenciones tienen, qué piensan realmente, qué podrían hacerte, cuál es su naturaleza, qué son.

«Qué soy», se fustiga el *influencer* internamente.

—Y... tu... ¿novia?

Hugo se encoge de hombros. Como por inercia, mira hacia atrás y ve que hay luz en la cabaña que comparten.

—En la cabaña.

—Mmmm… 12.

—Sí, la cabaña 12.

—Crees que en 12… tú, yo… ¿solos? —propone Malai, pizpireta, colocando una mano en el muslo de Hugo que él retira con suavidad antes de que empiece a ascender y esté perdido.

«Vamos, no me jodas», piensa Andrés, oculto en las sombras, observando el desplante que Hugo le acaba de hacer a Malai.

—*¿Yo no gustarte, Hugo?*

Hugo se levanta y se expulsa la arena que se ha quedado impregnada en sus piernas evitando mirar a Malai, cuyos labios gruesos y jugosos han compuesto una mueca de disgusto que los han tensado hacia abajo.

—Ese es el problema, que me gustas demasiado —reconoce Hugo—. Y eso no es bueno para ti.

—*Ah, ves como decir «ti».*

A Hugo, a pesar del infierno que se desata en su interior, le da por echarse a reír. Es bueno comprobar que no ha perdido esa capacidad, que cualquiera que lo viera hasta pensaría que es feliz, que incluso sin una cámara delante puede seguir riendo.

—Sí, a veces «ti» es correcto.

—*¿Cuándo ti veo?*

—Tengo novia…

—… Malai —le recuerda a Hugo, pensando que ha olvidado su nombre.

—Sí, Malai. Tengo novia —repite.

—Yo sé.

—Esto no está bien.

—¿El qué?

—Esto, que tú...

—No *pasado nada entre ti y yo.*

«Pero pasará», se muerde la lengua Hugo, disimulando las ganas con un profundo suspiro.

—¿*Ti no querer pasar rato bien?* —vuelve al ataque Malai, pensando que nunca antes fue tan divertido (y apetecible) ganar una fortuna como la que le paga ese viejo raro y triste. Se acostaría con Hugo sin que le entraran arcadas como le ha ocurrido con la mayoría de hombres con los que ha estado por necesidad, llorando cada vez que volvía a la pequeña habitación que el complejo hotelero le cede por bailar por las noches, sintiéndose simple mercancía, un cuerpo roto, usado, vejado.

—Buenas noches, Malai —se despide Hugo.

Ahora es él quien se aleja para evitar la tentación, sintiéndose observado por la tailandesa, cuyos ojos se entrelazan en la noche con los de Andrés, quien, con un gesto y desde la sombras que lo envuelven, le ordena a Malai que venga a su cabaña para que le cuente de qué han estado hablando, no vaya a ser que tenga que buscarse a otra chica más persuasiva. A lo mejor Malai, pese a ser una belleza, no es el tipo de mujer que le atrae a Hugo como para poner en peligro su relación con Astrid, se teme el padre de Valeria. ¿O acaso el problema es que Astrid está demasiado cerca como para que Hugo caiga rendido a los encantos de la bailarina? ¿Cuánto debe alejarla de él para cazarlo?

CAPÍTULO 12

«BEGOÑA P» centellea en la pantalla del móvil que Daniel ha dejado encima de la mesita de noche. Vega, deduciendo que se trata de la agente Begoña Palacios, no tiene reparo en contestar la llamada aunque el móvil no sea suyo, no vaya a ser que tenga alguna nueva información sobre el Asesino del Guante o una urgencia. Daniel se está dando una ducha. No oye a Vega decir:

—¡Daniel, te llama Begoña! ¡Voy a contestar!

Nada más aceptar la llamada, a Vega no le da tiempo a decir nada, porque una voz espitosa que, sin lugar a dudas, no es la de la Begoña que ella conoce, la asalta con una información del todo desconocida para ella:

—Daniel, alguien ha creado un perfil en la red social X que se hace llamar @laparejaperfectaesunfraude. He comprobado que también ha creado un perfil en Instagram, pero, de momento, no ha publicado nada ahí. Total, que alguien ha viajado hasta Tailandia y está acosando a los *influencers* Astrid Rubio y Hugo Sanz, seguro que los conoces. Lo más surrealista de todo esto, es que está insinuando que Hugo es el Asesino del Guante. Ha usado el *hashtag* #ElAsesinoDelGuante en las tres publicaciones en las que muestra que la pareja que creíamos perfecta no lo es tanto. De hecho, en la última foto que ha subido vemos a Astrid sola en una terraza y pone, textual: @ByHugoSanz le da plantón a @ByAstridRubio. Los usuarios de X se están volviendo locos, hay miles de reacciones, comentarios... Es el tema del momento y los *influencers* todavía no se han pronunciado, aunque un pajarito me ha dicho que Astrid está al tanto. Dime que hay alguna novedad en comisaría, Daniel. Si las sospechas contra Hugo son ciertas, si... Necesito un titular para mañana, algo relacionado con esto que sea la bomba. Por esto te puedo pagar quinientos euros, entiende que no es tan suculento como lo de la lejía. O sí, quién sabe, pero dame algo.

Vega ya ha tenido suficiente. La decepción ensombrece su rostro. Descolocada, corta la llamada en el momento en que Daniel sale del cuarto de baño con una toalla anudada a la cadera. Al ver el semblante de Vega, Daniel acierta a decir:

—Eh... ¿Sigue en pie lo de dormir juntos o prefieres que me vaya?

—Eres tú quien ha filtrado información a la prensa. Joder, Daniel, no me lo puedo creer. De ti no me lo esperaba, de ti no —se derrumba—. Todo este tiempo has sido tú.

Daniel coge el móvil, comprueba que BEGOÑA P (de periodista, no de Palacios, el apellido de la agente) ha llamado. Duración de la llamada: cincuenta y siete segundos.

«Mierda», maldice Daniel para sus adentros.

—No es lo que parece.

—¿Eso es todo lo que se te ocurre? ¿«No es lo que parece»? Vístete y vete.

—Espera, Vega, ¿qué vas a hacer?

Vega no lo sabe, libra una batalla en su interior complicada. Porque necesita a Daniel como el aire, al menos hasta que cacen al Asesino del Guante. Es su compañero desde hace cinco años, sin él no se ve capaz de seguir en una investigación en la que hay mucho en juego. Si no tienen nada, en unos días el comisario los apartará del caso y Vega se sentirá aún más incompetente de lo que ya se siente por no tener siquiera un sospechoso y por la confusión y el incidente en el cementerio con Espinosa. Una cagada de las grandes, según el comisario, decepcionado con ellos, especialmente con Vega, que inspira hondo y, tras unos segundos, espeta:

—Antes de nada, vístete. ¿Tienes perfil en X?

Decide tomar la vía rápida y dejar a un lado la ira que suele arrasar con todo. Tal y como hace unas horas han hablado con la agente Begoña, nunca es conveniente que se filtre tanta información a la prensa y saber que ha sido Daniel la ha destrozado. Una vez más, alguien en quien confiaba la ha fallado, aun sabiendo que Daniel necesita pasta para buscar un lugar en el que vivir y abandonar el sofá de su hermano. Hace de tripas corazón. Decide, internamente, que entre Daniel y ella no volverá a pasar nada, primera y última vez, se lo dejará claro, pero ahora lo necesita. Todavía, pese a todo, lo necesita con ella, y, cuando resuelvan el caso, si es que llegan a pillar al cabrón obseso de la lejía, se tomará su tiempo para pensar con claridad y tomar la decisión de desvincularse de Daniel, «El infiltrado».

—Tengo perfil en X. Pero no lo uso.

—Entra.

—¿No me has dicho que me vista?

—Sí —asiente Vega, atolondrada, bajando la mirada—. Vale, vístete. Te espero en el salón. No vas a volver a entrar en mi habitación.

—Vega...

—¡Daniel, joder, confiaba en ti! ¡Todos confiábamos en ti! Desvelaste el detalle de la lejía, por tu culpa puede...

—Sabes que necesito el dinero —la corta Daniel, con toda la frialdad de la que es capaz, como si él no tuviera la culpa de un sistema capitalista que, en ocasiones, nos hunde en la miseria—. Los abogados son caros. Alquilar un piso en Madrid es complicado, apenas tengo dinero ahorrado y...

—¿Cuánto te pagaron por decir lo de la lejía? ¿Por detallar el modus operandi del Asesino del Guante? ¿Cuánta información más le has pasado a esa tal Begoña? Sabes lo peligroso que es que se sepa tanto, Daniel. Que pueden salir imitadores, que toda la investigación se puede ir a la mierda cuando la prensa da detalles que están bajo secreto de sumario. Es ilegal, joder. Y ahora yo, sabiendo que has filtrado toda esa información, estoy implicada. No puedo hacer eso, no puedo pasarlo por alto, no...

Begoña vuelve a llamar callando a Vega de golpe. Daniel resopla, sacude la cabeza, corta la llamada.

—No volverá a pasar. Te lo juro.

—No me basta con eso, Daniel. Y lo que ha pasado ha sido un error. Ahora mismo me cuesta hasta mirarte a la cara. Cuando resolvamos el caso, porque lo vamos a resolver, ya veremos —zanja, optando por ser optimista, que es lo único que le queda, porque no imagina un final en el que el asesino se libre.

—Somos un equipo, Vega.

—Yo no podría formar equipo con un chivato, Daniel. No voy a poder volver a confiar en ti.

Cinco minutos más tarde y a una distancia que dista mucho de cómo se encontraban hace una hora, entran en X para ver las publicaciones de una cuenta creada hace un par de días: @laparejaperfectaesunfraude.

—Alguien está dando por hecho que Hugo Sanz es el Asesino del Guante —murmura Vega, con los ojos clavados en una foto en la que Hugo aparece en una playa paradisiaca acompañado de una chica bajita, de piel canela, figura atlética y melena larga y negra, que le da la espalda al objetivo. Claramente, no es su pareja

Astrid Rubio.

—Eso parece.

«Siempre es quien menos esperas. Siempre. Si no, mírame. Míranos. ¿Quién nos lo iba a decir?».

Las palabras de Marco regresan con fuerza a la mente de Vega. Nadie sospecharía que una persona con millones de seguidores en redes sociales que muestra su día a día sin pudor y que parece tan *perfecto*, sea en realidad un asesino en serie. Se siente protegido, como Marco se sentía intocable por ser el marido de una policía. Pero no todos los asesinos llevan una vida discreta; cuanto más se dejan ver, como Hugo, menos sospechosos resultan. De hecho, Hugo cumple con el perfil del asesino: es un tipo deseable, con dinero y poder, capaz de seducir a cualquier mujer que se le antoje. ¿Quién no va a caer rendida a sus pies? Y también, Daniel y Vega se percatan de ello, tiene la misma altura y complexión que el tipo que entró en la finca en la que vivía Lucía a las 12.06 y salió a las 14.50 con el casco cubriéndole la cabeza.

—He hablado con Samuel —dice Daniel, pero Vega, centrada en la pantalla del móvil, parece no escucharlo—. Han revisado un par de cámaras de seguridad, las únicas que había en comercios de la zona, el resto son puntos ciegos. Al salir de la finca, el tipo pasó por la calle de Núñez de Balboa, pero no se subió a ninguna de las motos que había en la acera. Continuó hacia adelante, todavía con el casco cubriéndole la cabeza, y se le pierde la pista. No tienen nada más, queda pendiente hablar con

125

las empleadas del hogar, y...

—Joder —blasfema Vega, callando de golpe a Daniel. Acerca la foto de la tercera publicación en X de la cuenta @laparejaperfectaesunfraude hasta distinguir, pese a la mala calidad al hacer zoom y lo borroso que se ve, un reloj de oro en la muñeca derecha de Hugo que resplandece con el cielo del atardecer que se ve al fondo—. El reloj que el repartidor de SEUR le dijo a Begoña y a Samuel que vio en el tipo que entró en la finca justo detrás de él. ¿Recuerdas al padre de Valeria? —se le ocurre de golpe. Daniel, que no puede quitarse de la cabeza que Vega puede destrozarle la carrera al decir que es quien ha filtrado información a la prensa, asiente, dando muestras de lo disperso que está—. Andrés Almeida. Han pasado dos meses, es el único que ha tenido tiempo de asimilar, de planear lo que sea que planee la persona que ha creado esta cuenta en X. No me dio la sensación de que supiera mucho de la vida de su hija, pero ¿y si nos mintió? ¿Y si recordó algo que le haga pensar que Hugo es el asesino?

—Será tan fácil como comprobar si ha viajado a Tailandia.

—Sí. Eso es lo que vamos a hacer. Comprobar si él o algún familiar de alguna de las otras víctimas ha viajado a Tailandia y está tratando de tomarse la justicia por su mano. Hay que estudiar el perfil de Instagram de Hugo y ver todas sus fotos, a ver si es habitual que lleve ese reloj de oro que puede ser el mismo que vio el repartidor.

Andrés disfruta viendo a la *pareja perfecta* discutir en el dormitorio en el que sabe, lo sabe porque va a pasar en unas horas y Malai está dispuesta a hacer lo que sea para que así ocurra, se va a cometer un asesinato que va a ver medio mundo, incluida la policía tailandesa.

—¡No te acerques más a esa chica, Hugo, nos están tendiendo una trampa! —grita Astrid, colérica, con el móvil en alto para que Hugo vea el perfil @laparejaperfectaesunfraude que aún cree que ha sido creado por el *paparazzi* contratado por la competencia—. Nos están haciendo fotos. Quieren desprestigiarnos, joder, ¿es que no te das cuenta? En cuanto le hagan creer a la gente que no estamos tan unidos como parece, se acabaron los patrocinadores.

—No creo que Malai tenga nada que ver con eso, Astrid, estás paranoica.

—Ah, que la bailarina tiene nombre. Y justo aparece en la tercera publicación en X del *paparazzi*, ¿no lo ves? ¡Son cómplices! ¡Y no vuelvas a decirme que estoy paranoica!

—Astrid, deja el móvil. No mires más esa red social, es veneno, no nos hace bien.

—Mañana vamos a estar todo el día pegados como lapas, ¿oyes?

«No, por favor, no te aguanto ni un minuto más», piensa Hugo, visualizando las caras de las muertas al tiempo que, exhausto, se tumba en la cama. Trata de frenar la pesadilla que invade su mente quebrada, del todo inútil, porque es incapaz de recordar el momento en que sus manos soltaron los cuellos de las chicas cuando, extasiado de placer, se agitó al alcanzar el orgasmo.

¿Qué pasó después?

Aseguraría que estaban vivas y que lo despidieron en la puerta con una sonrisa, mientras él se colocaba el casco de una moto que no tiene. Pero esa sonrisa se desvanece poco a poco de su memoria y Hugo siente enloquecer hasta el punto de no saber si lo que recuerda es real o no, porque no sabría decir qué calles recorrió a paso rápido y con la cabeza gacha enfundada en el casco hasta verse delante de su flamante Porsche. Una fuga disociativa es extraña y ocurre así, de la nada. Hugo lo ha vivido desde que era niño y veía a su padre maltratar psicológicamente a su madre. Se evadía, desaparecía del mundo, era su manera de protegerse, de contarse la mentira de que todo iba bien. Lo que al principio era algo mental, pasó a ser físico cuando su madre desapareció de este mundo de una manera silenciosa, discreta, tristísima. De estar sentado a la mesa de una cafetería, a aparecer en la calle esperando a que un semáforo cambie a verde, y eso con suerte, porque cuando sufres fugas de este tipo, podrías encontrarte en mitad de una autopista sin saber cómo has llegado hasta ahí. La incapacidad de recordar qué ha ocurrido entre la cafetería y la calle provoca confusión, caos en una mente inestable sometida a una presión difícil de gestionar. Y el problema de Hugo no es solo que no recuerde qué pasó después de follar con esas chicas para luego aparecer en un aparcamiento desconocido buscando su coche a través de la visera oscura de un casco, el problema de Hugo siempre ha estado delante de sus narices, y ahora le ordena con una voz de pito que dista mucho de la que emplea cuando le habla a su público a través del móvil:

—Bueno, ahora calladito, ni respires, que voy al baño a grabar una *story* desmaquillándome. Espero que la luz sea buena, no me he traído el aro. Y tú deberías grabar algo si no quieres perder patrocinadores, Hugo, que llevas una rachita... estás muy dejado y hasta te veo más fofo.

Andrés, a quien no le interesa la rutina nocturna de Astrid quitándose los potingues de la cara mientras no suelta más que tonterías por la boca, cierra todas las ventanas salvo la que muestra el dormitorio, que ahora ocupa toda la pantalla del monitor desde donde cree poseer el control de esas dos vidas que está dispuesto a truncar. Se centra en Hugo, en su mirada perdida en el techo, en la culpa que muestran esas ojeras de llevar un par de noches sin dormir, en la brisa que se cuela por el ventanal de la cabaña y le acaricia la piel y le revuelve el pelo, pero él está tan sumido en sus pensamientos que ni se da cuenta. Y entonces, en la intimidad de quien ingenuamente piensa que nadie lo ve, Hugo se lleva la mano izquierda al interior de los calzoncillos y la mano derecha al cuello ejerciendo tal presión, que las venas se le hinchan y el color blanco de su piel muta a un peligroso morado.

—Puto enfermo —escupe Andrés, pensando en su hija, llorando por ella, por su inexistencia, al tiempo que pulsa el botón de grabar.

Hugo Sanz es el Asesino del Guante, Andrés lo tiene más claro que nunca.

Con la intención de sentir un placer enfermizo a ojos de Andrés, Hugo emplea contra sí mismo la misma violencia que acabó con las vidas de las chicas, muertas por asfixia, con las tráqueas aplastadas por la mano que ahora rodea y presiona su propio cuello.

¿Qué va a hacer con este material inesperado? ¿Guardarlo hasta que se destape toda la verdad? ¿O mostrar en redes a Hugo dándose placer de la misma forma en la que ha matado a cuatro chicas, incluida su hija, aun poniendo en riesgo sus planes de usar a Malai?

CAPÍTULO 13

A Vega y a Daniel, que ha tenido que apagar el móvil porque Begoña, la periodista, no ha parado de llamarlo en busca de la mejor exclusiva, les ha llevado toda la noche, pero al fin tienen la lista de pasajeros del vuelo en el que viajaron Hugo Sanz y Astrid Rubio con destino al aeropuerto Koh Samui. No les ha sorprendido ver que en la lista también aparecía el nombre de Andrés Almeida, el padre de Valeria, la primera víctima conocida del Asesino del Guante. El cadáver de la joven, cuyo informe ahora tienen desplegado encima de la mesa con las siempre desagradables fotos del forense, fue descubierto por la mujer de la limpieza el sábado 13 de mayo a las nueve de la mañana. Según el forense, Valeria llevaba quince horas muerta, por lo que el asesinato se produjo el viernes 12 alrededor de las seis de la tarde.

Daniel no es el mismo que horas antes, cuando su mayor preocupación era satisfacer a Vega, cumplir con sus expectativas y que quisiera repetir, algo que ahora sabe que no pasará. Teme que, cuando Vega no necesite su ayuda, le vaya con el cuento al comisario de que él es quien ha estado filtrando información a la prensa sobre los morbosos asesinatos del Asesino del Guante que tanta curiosidad despiertan, le abran un expediente y sus compañeros lo repudien. Aunque la llamada de la periodista ha ayudado a avanzar en el caso al darle información sobre la cuenta creada en X y la etiqueta #ElAsesinoDelGuante que parece querer destruir a la pareja de *influencers*, Vega no puede evitar mostrarse distante con Daniel. Así que Daniel se muestra sumiso y reservado ante una Vega a rebosar de energía porque al fin, gracias a un padre vengativo y destrozado, tiene una pista y todo coincide. Todo parece cobrar sentido, las piezas del puzle empiezan a encajar. Han vuelto a ver la grabación de la cámara de seguridad del banco, y ahora Vega puede visualizar a Hugo como si no hubiera tenido cuidado de ocultar su rostro con un casco al entrar y al salir del portal.

—Es él. Tiene que ser él. El reloj de oro brillante... no es un modelo habitual, de hecho solo existen cinco como este en todo el mundo y lo muestra en varias de sus fotos de Instagram. Se trata de un Cartier valorado en cincuenta mil euros. No sé cómo lo ha descubierto, pero el padre de Valeria está en Tailandia por algo. Sospecha de Hugo. Sabe que él...

—Vega... ¿No nos estaremos precipitando? Además, las horas no cuadran, el forense insiste en que a las 14.50, hora en la que ¿Hugo? salió de la finca, Lucía seguía con vida. Y no volvió, no vuelve a salir en la grabación. Además, no tiene ninguna moto registrada a su nombre, solo un coche, un Porsche Cayenne de 2019, para ser más exactos. ¿Qué sentido tiene ir por ahí con un traje de motorista y un casco si no tienes moto?

—¿Por qué Andrés no nos dijo nada? Podría haber venido a hablar con nosotros, comentarnos sus sospechas... —se ofusca Vega, haciendo caso omiso a Daniel.

—¿Porque pensaba que no le creeríamos? Hugo Sanz, por favor, millones de seguidores, no necesita que...

—¿No crees que fuera él? —lo interrumpe Vega con violencia, harta de escuchar que alguien con la influencia, el dinero y el poder de Hugo no pueda ser en realidad un depredador salvaguardado por una vida perfecta que no tiene reparo en mostrar.

—A ver, Vega, que sí, que tiene la misma altura y complexión, un reloj de oro casi único en el mundo que coincide con lo que nos dijo el repartidor, pero... no sé, hay más tíos así. No es más que una prueba circunstancial —trata de hacerla entender, para que Vega baje un poco de la nube en la que parece encontrarse—. Es posible que al padre de Valeria se le haya ido la cabeza porque su hija siguiera por redes sociales a este tío o incluso estuviera obsesionada con él. O a lo mejor solo se trata de una coincidencia y Andrés no tiene nada que ver con esa cuenta creada en X y en Instagram y solo busque relax en

Tailandia. No parecía un tipo muy tecnológico, más bien era chapado a la antigua, ¿no te parece?

—¿Mismo vuelo? ¿Mismo destino? No, Daniel, las coincidencias no existen. Andrés trama algo —zanja Vega, buscando el número de contacto del padre de Valeria, sin importarle la diferencia horaria que hay entre Madrid y Tailandia.

Andrés no llegará a recibir la llamada de Vega, ni siquiera sabrá que intenta, desesperadamente, contactar con él. El padre de Valeria dejó su móvil en su chalet de Madrid y el que tiene en la isla Koh Phangan es nuevo, nadie salvo Malai y el recepcionista de Angkana Bungalows tiene su número. Vega no debería saber que está aquí, con los ojos inyectados en sangre y las mejillas cada vez más consumidas, viendo a través del monitor cómo Astrid y Hugo abandonan la cabaña agarrados de la mano mientras graban una *story* conjunta diciendo que se van a desayunar y que son fans de los buffet libres de los resorts. Sin embargo, y aunque la pareja aún no lo sabe, no van a estar más de veinte minutos juntos. Astrid recibe un wasap de su agente:

6000 eurazos por promocionar una clase
de Yoga para turistas en Malibú Beach, en la misma
isla Koh Phangan donde te encuentras.
Te viene a recoger un taxi a las
10.00, la playa queda a unos 15

minutos de Angkana Bungalows.
Besitos, cúrrate una buena promo.

Astrid está emocionada, como si fuera novata en esto de cobrar una fortuna por hacer, prácticamente, nada. Le pregunta si es requisito que ella también haga Yoga, práctica habitual que muestra en redes aunque no sea experta, y Belinda contesta con un par de interrogantes. No le han dicho nada al respecto, solo que promocione la zona, la clase de Yoga, hable con la gente...

—Joder, no me he traído ropa para hacer Yoga.

—Vas bien así —le dice Hugo con indiferencia, degustando el jauk, plato típico de la zona que consiste en una mazamorra de arroz servida en un bol con trocitos de pollo que ha condimentado con jengibre, salsa de soja, pimienta y huevo.

—¿Seguro? A ver, llevo pantalones cortos y... sí, podría hacer Yoga así.

Hugo lo que quiere es perderla de vista, así que asiente repetidas veces.

—Vale, pues... ¡Ay, Hugo!

—¿Qué?

—Que son las diez. El taxi debe de estar esperándome.

«¿Y desde cuándo te importa a ti que la gente te espere, *reina*?», se calla Hugo, que le suelta un seco:

—Pues ve.

—Espero que el *paparazzi* no ande por aquí y publique algo así como que ahora la que te abandona

135

en mitad de una comida soy yo, que vaya feo me hiciste anoche, Hugo, vaya feo.

—Y qué más da que alguien nos haga fotos, Astrid... no entres en X —vuelve a advertirle.

—Ya, ya... solo Instagram y TikTok, pero es que lo del *hashtag* #ElAsesinoDelGuante me está volviendo loca —resuelve con hastío, provocando, sin percatarse, un estremecimiento en Hugo, el único de los dos que ha caído en la cuenta de que el *paparazzi*, sea quien sea, sabe lo que él no recuerda haber hecho pero hizo, sí, ha llegado a la terrible conclusión de que probablemente lo hizo, y no sabe cómo va a poder vivir a partir de ahora. Los secretos se enquistan. Son como un cáncer. Hugo cree que lo que calla va a acabar con él, con la calma que tan bien se le da fingir, aun cuando hay cosas que siguen sin cuadrar, porque ¿lejía? Hugo huye de la lejía como del ajo, le entran arcadas, no entiende nada, no tiene ningún sentido—. Anda, dame un beso —lo obliga Astrid, agachándose frente a él y dándole un beso en los labios que se alarga por la necesidad que tiene de que, si el *paparazzi* está escondido en algún lugar de la terraza, vea cuánto *amor* se tienen y se profieren—. Por favor, ¿qué lleva eso? Es de lo más grasiento, qué asco, te ha dejado los labios superpringosos.

Y así es como Astrid se despide de Hugo, siempre criticándolo y machacándolo, con la intención de hacerle sentir lo peor, mientras no haya unos oídos que la escuchen y anden soltando luego cómo lo trata en realidad... Por eso Hugo no pregunta ni cuándo volverá, no le interesa. Cuanto más rato esté alejado de esa arpía más tranquilo estará.

Acto seguido y con Instagram abierto, Astrid levanta el móvil y se dispone a grabar una *story* contando a sus seguidores el improvisado plan del día, mientras sale del buffet ignorando a los empleados que le sonríen y le hacen reverencias a su paso. Parece mentira que la angustia la devore por dentro, qué arte tiene fingiendo, no se le nota nada.

De entre todas las cosas que Andrés le ha dicho, Malai solo ha entendido:

—Ahora, Malai, es el momento.

«Momento, sí. Es el momento».

Mucho dinero por un *trabajo* que realmente le apetece hacer, aunque sea sin amor. En su mundo no puede existir el amor, parece que se ha resignado, no sin cierto pesar, a no ser más que mercancía para quienes están dispuestos a pagar.

Pese a lo deseable que le resulta Hugo, a Malai la asalta una sensación extraña mientras lo ve pasear como un autómata por la playa, como si algo en él no estuviera bien, como si no tuviera el control total de su cuerpo, como si sus ojos no estuvieran viendo nada. Yo diría que es la intuición, que nos advierte del peligro, que nos susurra: huye, todavía estás a tiempo. Pero qué sabré, si solo me limito a narrar los hechos tal y como los estoy viendo…

… y lo que ahora veo es a Malai preocupada, nerviosa, con la mirada perdida, no en Hugo, sino en el infinito, en las aguas turquesas vibrando bajo un cielo de un azul tan nítido que duele a los ojos si lo miras durante mucho rato y fijamente. Parece que esa vocecilla interior de Malai llamada intuición que ni Andrés logra interrumpir con su verborrea, le está anticipando que esta es la última vez que contemplará el paisaje que tantos desean y que ella aborrece. Hasta hoy. Hasta ahora, que parece que vaya a ser la última vez. Y por eso, como siempre ocurre con las últimas veces, Malai valora ese mar brillante y transparente que desde siempre le ha dado tanto miedo.

Se ve a sí misma de niña, con sus seis hermanos, con los que apenas tiene contacto. Todos sucios y descalzos, viviendo con incertidumbre el día a día, riendo y llorando, todo a la vez, pasando hambre y necesidades, intentando vender a los turistas las pulseritas que se pasaban la noche haciendo, aprendiendo a base de miradas cargadas de desprecio y gestos violentos que eran inferiores a ellos y que, por más que se esforzaran, no merecían nada.

Y ahora Malai también puede ver a su madre como si aún estuviera viva. Trabajaba de sol a sol aguantando golpes, humillación y maltrato. Su piel tostada estaba plagada de moratones que tardaban semanas en desaparecer. Llegó a aguantar el insoportable dolor de una costilla fracturada de la que nunca llegó a recuperarse, porque antes de que eso sucediera se quitó la vida sumergiéndose en un mar parecido al que ahora Malai contempla con los ojos anegados en lágrimas. La madre de Malai no pudo soportar que una semana antes le arrebataran a su niña, la hermana pequeña a la que no pudieron proteger y que se llamaba Jai, que significa *corazón*. Años más tarde, descubrirían que unos turistas adinerados y pedófilos con contactos en las altas élites a rebosar de gente enferma, peligrosa e impune, se la llevaron, y la dulce Jai, de cinco añitos recién cumplidos, nunca regresó. Algunos creen que se la llevaron a una isla lejana y que la encerraron en una gran mansión junto a otras niñas sin recursos ni posibilidades, para contentar a gente poderosa, podrida, intocable. En lo efímero del tiempo flotan tragedias invisibles. Este es un mundo roto inundado de seres despreciables y dañinos que disfrutan con el sufrimiento de los invisibles. Son brujas y demonios, pero no como los de los cuentos, no, esas brujas y demonios existen, son de carne y hueso, en sus cuerpos late un corazón que escupe tinta negra y nos gobiernan desde sus urnas intocables de cristal. Los vemos a diario. Creemos conocerlos por sus palabras, que difieren mucho de sus hechos, pero nunca nos contarán la verdad. La verdad es temible. El infierno ardiendo en llamas y gobernado por satanás, no es el que nos han vendido desde niños; el infierno está aquí, cerca, acechando, inundado de rostros angelicales devorando a los más débiles.

—Malai, ¿me oyes? ¿Estás llorando? ¿Qué cojones

te pasa? —inquiere Andrés, con la brusquedad de quien paga y se cree con el derecho a todo—. Ve. Ve con ese idiota antes de que llegue la novia.

Y Malai, sumisa y sin haber hecho preguntas porque teme que ese hombre triste y cabreado al que es incapaz de mirar a los ojos no le pague el resto del dinero que le debe y necesita, va. Camina lentamente en dirección a Hugo, tan perdido en sí mismo que no recordará cómo ha llegado hasta la playa, si él lo que estaba haciendo era desayunar en la terraza del resort.

¿Cómo y cuándo ha llegado hasta aquí?

¿Qué clase de magia negra es esta?

¿Qué tiene en la cabeza? ¿Por qué últimamente le ocurre con tanta frecuencia? ¿Será un tumor corroyéndole el cerebro? ¿Debería preocuparse? Quizá tendría que volver al neurólogo o pedir una segunda opinión. Hace año y medio, tras varias pruebas, el especialista le dijo que estaba perfectamente. No veía nada raro y todo era debido al estrés o al exceso de alcohol, una mala época para Hugo, que se refugió en vicios destructivos.

Pero ahora…

¿Qué hace Malai devorándole la boca?

¿Qué hace él estrechándola contra su cuerpo?

¿Por qué no puede controlarse? ¿Por qué le sigue el juego?

¿Cómo puede frenar lo que está a punto de suceder?

CAPÍTULO 14

Vega, indignada, es incapaz de mirar a Daniel a la cara cuando regresan a la calle de don Ramón de la Cruz y se detienen en el número 27. En esta finca, que comparte fachada con el número 69 de la calle de Núñez de Balboa, la de las motos aparcadas en la acera donde se le perdió la pista al hombre con la cara oculta tras un casco, solo hay seis viviendas. La de Lucía, en la cuarta planta, todavía tiene el cordón policial sellando la puerta. Ahora se disponen a volver a llamar a las cinco puertas de sus vecinos, y esta vez, en lugar de hablar con los propietarios, su intención es interrogar a las ocho empleadas que vieron salir del portal en las grabaciones de la cámara de seguridad del banco.

Vega es de las que opina que estas mujeres que tanto ven, oyen y callan, y a las que a menudo y erróneamente se tienen poco en cuenta pese a ser quienes normalmente les abren las puertas, pueden dar más detalles que sus adinerados jefes, con quienes suele ser complicado hablar. Sus respuesta son escuetas, a menudo se limitan a contestar con monosílabos. La autoridad no les impone. Lo que ocurre fuera de sus aposentos no les incumbe, aunque se trate del despiadado asesinato de una joven a la que todos aseguraron conocer solo de vista.

«Hola y adiós».

Lucía era una cara que terminará borrándose de sus memorias más pronto que tarde.

Lucía adquirió la propiedad hace un par de años. Sus vecinos llevan entre veinte y treinta años en la finca, toda una vida, pero como suele ocurrir en los barrios de alta alcurnia, no se trata de una comunidad unida, a diferencia de lo que suelen ser las comunidades que crean las empleadas del hogar. La inspectora sabe que entre ellas hablan por los codos cuando se cruzan en la portería, salen a sacar la basura o terminan su turno. Se apoyan, es algo que necesitan. Van juntas hasta el metro o hasta la parada del autobús con destino a barrios más humildes, se cuentan sus vidas, su día a día, hablan con orgullo de sus hijos o nietos, comparan salarios, critican a sus jefes, revelan sus manías y sus TOCS, comentan que nunca nada está lo suficientemente *perfecto* para ellos, comparten trucos de limpieza, hablan de lo mucho que les duele la espalda al terminar la jornada... Ellas lo saben *casi* todo. Tendrían muy mala suerte si la finca en la que asesinaron a Lucía fuera la excepción que confirma la regla.

Y empiezan por el primer piso, donde hablan con Anita y Estela, que, con la misma cara de susto con la que los han recibido, aseguran que no oyeron nada.

—Claro que también, cuando los jefes no están en casa, solemos llevar auriculares. Somos fans de los audiolibros —se excusa Estela.

—¿Ustedes tienen contacto con las otras seis empleadas que trabajan en esta finca? —les pregunta Vega, a quien no le pasa desaperciba la mirada interrogante y llena de complicidad que Anita y Estela se dedican.

—No, apenas. A veces nos encontramos, nos decimos hola y adiós y ya... —contesta Anita con el ceño fruncido. Vega no entiende qué las ha confundido tanto de su pregunta.

—¿Hay algún problema? Parecen extrañadas.

—Es que... —empieza a decir Estela, titubeante—. ¿Cómo saben la cantidad de empleadas que hay en el edificio?

Vega no contesta. Deduce que, quizá, alguna empleada no está dada de alta y trabaja de manera ilegal, pero es algo que ni le va ni le viene, ni tampoco que entre ellas intenten esconder los trapos sucios de un trabajo a menudo injustamente infravalorado.

Daniel les agradece su tiempo y suben hasta la segunda planta, donde el repartidor de SEUR que tropezó con el tipo del casco (y reloj de oro, de los caros, como el que tiene Hugo) hizo su entrega horas antes de que Lucía fuera asesinada.

En el segundo piso vive Rosario, la mujer octogenaria un poco sorda que abusa de la laca y es adicta a las compras por internet, en compañía de Analyn, su cuidadora filipina. Las vieron salir de la finca a las 18.02 del 7 de julio, son las que coincidieron con la amiga de Lucía entrando en la finca. Con ellas hoy está Aura, la empleada del hogar que trabaja los martes y los viernes desde las diez de la mañana hasta las seis o las siete de la tarde, depende del día. Con Analyn tienen problemas de comunicación.

—Ella es muy reservada, agentes —les dice la señora de la casa, haciendo un ademán con la mano como si estuviera espantando una mosca—. Apenas habla, por eso nos llevamos tan bien.

Daniel le ríe la gracia. Vega no, porque se percata de la expresión atormentada de Analyn, quien no parece sentirse a gusto. Aura, que el viernes 7 de julio estuvo a solo dos plantas de distancia de donde ocurrió el drama, no para de sacudir la cabeza en señal de reprobación, mostrándose comunicativa con los inspectores desde que les ha abierto la puerta.

—Pobre chica, tenía la edad de mi hija. Qué cosas más horribles pasan. Las vemos en las noticias y creemos que no nos va a tocar de cerca y ya ven. Madre mía. Yo alguna vez la vi, era agradable, no como... —Mira con el rabillo del ojo a su jefa, que, ausente, le da un sorbo a la taza de té—... el resto de vecinos, que son de un tieso... —sisea la empleada.

—¿Cuánto tiempo lleva trabajando aquí, Aura? —quiere saber Vega, centrando su atención en ella.

—Ocho… va para nueve años.

—Durante este tiempo habrá conocido a muchas empleadas de esta finca.

—A unas cuantas, sí, van y vienen, pero como yo solo vengo dos días a la semana, no tengo mucho contacto con ellas.

—¿Pero las conoce?

—Sí, sí, claro, todas nos conocemos —aclara Aura.

—En esta finca, entre el primer piso y el sexto, saltándonos el cuarto, que era donde vivía Lucía y no nos consta que tuviera a nadie que se encargara de las tareas, trabajan ocho empleadas del hogar, ¿verdad? —quiere asegurarse Vega.

¿Por qué Aura la mira como antes la han mirado Anita y Estela? ¿Por qué parece que les extrañe que estén al corriente de cuántas empleadas entran y salen de la finca con una copia propia de las llaves?

—¿Pasa algo?

—Eh… no, nada, es que no somos ocho.

—¿Cómo?

—A ver… Anita y Estela en el primer piso —empieza a repasar Aura, haciendo uso de los dedos de su mano derecha, a la vez que fija los ojos en Analyn, quien le devuelve una mirada interrogante—. Analyn y yo. Cuatro. En el tercero Matilde, siempre presume de que trabaja aquí desde el año 83, es la veterana. Ya van cinco.

En el cuarto, efectivamente, la chica no tenía a nadie para la limpieza del piso. En el quinto está Ramona, que en septiembre se jubila, y en el sexto Manuela. No hay más. Así que, actualmente, somos siete empleadas, y estoy convencida de que el 7 de julio, que es el día que supongo que están revisando por el asesinato de esa pobre chica, éramos siete. En esta finca —recalca— nunca hemos sido ocho, ni siquiera en los buenos tiempos.

Astrid, móvil en mano, baja del taxi previamente pagado, supone que por la instructora de Yoga que la ha contratado para la promoción en redes, a las 10.28 de la mañana. Ante ella, se encuentra Malibú Beach, una extensión de playa de arena blanca famosa por sus originales palmeras de coco que no se diferencia mucho de la playa privada donde se encuentra la cabaña en la que se aloja con Hugo. No lleva ni veinticuatro horas en la isla Koh Phangan, y la cosmopolita que hay en ella ya está harta de tanto mar y tanta arena colándose por las sandalias y rascándole las plantas de sus delicados pies.

Alguien debería haberla venido a buscar donde la ha dejado el conductor, con quien no se ha entendido. Astrid, obviamente, no habla tailandés, lo suyo le costó aprender inglés, los idiomas nunca han sido su fuerte, así que...

Se coloca las gafas de sol y, bajo un sol abrasador que la pone de muy mal humor, busca entre los turistas tumbados en confortables hamacas a un grupo de mujeres haciendo Yoga. Al minuto, ya está sudando. Odia sudar. Los más de treinta grados de temperatura se le están haciendo insoportables. Qué mal están quedando con la *influencer* española más cotizada. Es que, a ver, no debería ser tan difícil; sin embargo, Astrid recorre la playa de cabo a rabo, y aquí no hay nadie dando ninguna clase de nada.

Furiosa, llama a su agente, por si se ha equivocado de zona o la clase se imparte en otro lugar. Espera que no muy lejos de Malibú Beach, que está harta de tanto andar y el estómago, normal, porque Astrid apenas come, le empieza a rugir como si tuviera un león encerrado en las tripas. Belinda, a pesar de ser las cuatro de la madrugada en España, contesta al momento. Tratándose de Astrid, más le vale estar a su disposición las veinticuatro horas del día.

—Belinda, estoy en Malibú Beach y aquí no hay nadie.

—¿No? —se sorprende la agente, esforzándose en no dar muestras del sueño que tiene y así quedar como la profesional en el sector que es—. Pues a mí me han hecho el ingreso, seis mil euros, como te he dicho, de los cuales te quedas con cinco mil, si no, ¿de qué te crees que iba a escribirte a las tres de la madrugada?

—¿Que te han hecho el ingreso íntegro? ¿Sin factura? Eso no es lo habitual, no es…

—Eres Astrid Rubio, te adoran, claro que es habitual

147

—la halaga, que el peloteo con ella siempre funciona, pero hoy no parece el caso.

—Bueno, aquí no ha venido a recibirme nadie y no hay ninguna clase de Yoga, Belinda.

—Qué raro... —musita la agente—. ¿Has buscado bien?

—Me he pateado la playa entera, joder.

—Vale... Vale, pues vuelve a Thong Sala, ya averiguaré qué ha pasado.

—¿Quién te ha llamado? —sigue desconfiando Astrid.

—Pues... me llamaron hace tres horas desde un número oculto. Hablé con una chica joven. Ella... a ver, parecía tailandesa, su inglés era bastante malo. Me ha dicho que se llama Jai, que está empezando a dar clases de Yoga en Malibú Beach y que quiere darse a conocer. Sabía que tú estabas por la zona, tenía un buen presupuesto para pagarte por darle promoción en tus redes, y a los veinte minutos ya estaba el ingreso hecho. No vi nada raro.

—¿Pero no le has preguntado por su cuenta de Instagram? ¿Una página web? ¡Y hay que emitir una factura, Belinda, joder, que los putos cabrones de Hacienda siempre están dando por culo, no se puede ni respirar sin que ellos se enteren!

Esa boca, Astrid.

—Que acaba de empezar, me ha dicho, que aún no tiene redes ni página web... —vuelve a repetir Belinda con tono conciliador, al tiempo que lucha por contener un bostezo.

—Si acaba de empezar, ¿cómo narices tiene seis mil euros para pagar una promoción? Y aquí en Tailandia, que seis mil euros es una fortuna —cae en la cuenta Astrid—. Esto huele muy raro, sobre todo por esa cuenta en X que...

—¿Seguimos con esas, Astrid? Por favor... —resuella la agente—. No entres en X, pasa de eso, es una cuenta *fake*, todo el mundo lo sabe. No caigas en la trampa.

—Vuelvo a Thong Sala. Averigua qué ha pasado.

—Voy a dormir un par de horitas y después miraré a ver que...

—¡Que averigües qué ha pasado ahora mismo, joder!

Astrid corta la llamada alejándose de Malibú Beach, sin sospechar la ardua tarea que va a ser encontrar un conductor que la devuelva a Thong Sala, de donde nunca habría tenido que salir, dejando solo al descerebrado de Hugo. Le preocupa esa chica tailandesa a la que vio ir detrás de él como un perro faldero. Porque Astrid sabe que cualquier chica que intima demasiado con Hugo acaba muerta.

—Más le vale que no me la vuelva a liar —maldice Astrid para sus adentros, cansada de tener que luchar contra lo que no puede controlar, al tiempo que mira obsesivamente a su alrededor, por si el *paparazzi* está al acecho para publicar otra foto en X en un mal momento y así continuar con su misión de desprestigiarla.

¿Existen los lugares condenados a estar malditos, aunque parezcan el paraíso? Sí, existen. Porque es esa apariencia de perfección la que nos ciega, convirtiéndonos en víctimas inesperadas.

Cabaña 12.

Hugo y Malai ya están dentro, dando rienda suelta al calentón. Andrés, desde la cabaña 9, sonríe con malicia, pese al fatal destino que sabe que le espera a la tailandesa. No se permite despegar los ojos de la pantalla dividida en tres para no perder ni un solo ángulo de la cama. Pulsa el botón de grabar.

—Asesinato en directo —murmura para sí mismo, con la voz quebrada, incapaz de derramar una lágrima más. Está ansioso por ver con sus propios ojos cómo Hugo mata sin compasión a Malai, para así hacerse una idea, por mucho que duela, de cómo fueron los últimos instantes de Valeria—. En unos minutos, todo el mundo sabrá que eres un monstruo, Hugo.

Andrés deja de lado las muchas notificaciones que le saltan de X. Silencia el móvil, no puede tener distracciones, ahora no. Cuando ha visto que su plan marchaba sobre ruedas y Malai se ha llevado a Hugo a la cabaña 12, su carácter impulsivo ha decidido por él. Ha publicado el vídeo de tres minutos en el que Hugo aparece solo, en la cama, dándose placer a su manera al ejercer presión sobre su propio cuello, una prueba para la policía y para el mundo entero de que es #ElAsesinoDelGuante, el único texto que ha escrito en esa publicación.

Hay otro móvil que, de estar encendido, no pararía de sonar, pero parece que Hugo, cansado de la falsa felicidad que abunda en las redes sociales, ha olvidado su existencia. En este momento solo existe Malai encima de él, la perfección de su boca, la suavidad de sus manos recorriéndole el cuerpo, sus pechos pequeños y firmes que Hugo, enfermo, devora antes de tomar el control de la situación. Imprevisible como suele ser, la agarra con violencia de las muñecas. Malai no se resiste cuando Hugo la coloca debajo de él y se hunde en su interior embistiéndola con ímpetu. Hugo levanta la mano derecha. Le tiembla tanto, que da la sensación de que está librando una batalla entre si colocarla en el cuello de la diosa tailandesa que se muerde el labio inferior y le pide más, o dejarla quieta. Sin embargo, el instinto, sí, ese instinto que nos diferencia los unos de los otros, es más poderoso, y, sin pedir permiso, Hugo abre la mano y la coloca en torno al frágil cuello de Malai como ha hecho tantas otras veces, al principio suavemente, pero a los pocos segundos es incapaz de controlarse. Ejerce tanta presión contra la tráquea, es tanta la fuerza que Hugo emplea, que la expresión de Malai se transforma en puro terror.

Los movimientos de Hugo encima del cuerpo de Malai son frenéticos. Hunde la cabeza en su cuello comprimido, le susurra algo al oído:

—Shhh… Confía en mí. Te gustará.

Malai se revuelve debajo de su cuerpo, los brazos encogidos, las manos agarrotadas intentando arañar el pecho de Hugo. Le falta el aire. Le quiere decir que no puede respirar, que pare, que la suelte, que quiere irse, que esto no le gusta, pero no le sale la voz. Hugo, que la mira pero no parece ver las lágrimas de Malai resbalando por sus mejillas, sigue hundiéndose en su interior con unas embestidas tan salvajes, que ella, cuya visión empieza a emborronarse, está muy lejos de sentir el placer que esperaba cuando con dulzura le ha correspondido al beso que ella ha iniciado en la playa.

Le hace daño. Le está haciendo mucho daño. Ahora se da cuenta, aunque cree que no por mucho tiempo, porque tiene la angustiosa sensación de que, de un momento a otro, va a perder el conocimiento. La vida. Hugo es un tipo violento y egoísta, no mira por ella ni por nadie, solo mira por él, creyéndose un ser superior a todo cuanto lo rodea.

No puede… no puede respirar.

Cada vez cuesta más seguir respirando y su cuerpo parece que se ha rendido, es incapaz de luchar, apenas puede notar los movimientos de Hugo cada vez más rápidos, como si tuviera prisa por… ¿acabar?

Acabar con ella, acabar con su vida.

Esto no va a tener un final feliz. No para Malai.

—Dios… —sisea Andrés, llevándose las manos a la cabeza. Es tal la tensión a la que está sometido, que se

arrancaría el poco pelo que le queda—. La va a matar...
—sigue diciendo, sintiéndose un mierda por querer que eso ocurra para que al fin se destape la identidad del Asesino del Guante y tener una muestra grabada que presentar. Así verán que Malai ha muerto de la misma forma en la que murieron las otras cuatro chicas a miles de kilómetros de distancia, aunque quizá ha habido más.

Debería olvidar el tema de tomarse la justicia por su mano. Y mandar el material que tiene a las autoridades. Aunque tenga que asumir que es quien ha creado la cuenta @laparejaperfectaesunfraude, delinquiendo al saltarse a la torera el derecho a la privacidad de la pareja de *influencers*, especialmente con respecto al vídeo en el que Hugo aparece masturbándose. Debería... debería salir de su cabaña, socorrer a Malai y salvarla del destino fatal al que parece estar sentenciada.

¿En qué lo convertirá la decisión de quedarse quieto y seguir mirando el inevitable final desde una pantalla?

¿En cómplice? ¿En otro monstruo despiadado sin corazón?

Pensaba que sería fácil porque Malai es una desconocida y una interesada que se ha metido en esto sin preguntar, solo por dinero. Sí, Andrés pensaba que vería las imágenes que ahora se le presentan reales, crueles y durísimas, desde la distancia, como si la tragedia no fuera con él. Pero, por mucho que se esfuerce, hay algo en Andrés que, abrumado, vuelve a romperse como le sucedió el día en el que recibió la llamada de aquella inspectora informándole que Valeria, su hija, su niña, su ojito derecho, estaba muerta. Siente que, de un momento a otro, va a enloquecer, porque Malai no va a soportar mucho más la presión que ese loco está ejerciendo sobre su cuello.

Andrés se aísla y aparta los ojos anegados en lágrimas del monitor.

A su lado, no solo siente la presencia de su hija, algo que le ha dado fuerzas a lo largo de estas semanas para vengar su muerte, sino que la ve. Ahora ve a Valeria como si estuviera tan viva como él, aunque la parte cuerda que aún lo acompaña sepa que solo se trata de un espejismo que no tardará en desvanecerse.

—Sálvala, papá. No permitas que a ella le pase lo mismo.

CAPÍTULO 15

—No son ocho —repite Vega, mirando a Daniel con cara de circunstancias. Por un momento, hasta parece que a Vega se le ha olvidado que, por pasta, Daniel ha sido el responsable de poner en peligro la investigación al filtrar información a la prensa, y le habla con normalidad, como si entre ellos no hubiera ningún conflicto—: Daniel, ¿tenemos a mano las imágenes?

Daniel, eficiente, asiente con la cabeza y busca la hora en la que vieron salir a cuatro empleadas a la vez: las cinco de la tarde, una hora antes de que la anciana que tienen delante y Analyn salieran de la finca. No se les ve muy bien la cara, pero Daniel congela la imagen y le tiende la Tablet a Aura, que se ajusta las gafas y acerca la pantalla a escasos centímetros de su cara.

—Mmmm... Anita y Estela —señala—. Manuela. Y la otra... la otra no sé quién es, no la he visto en mi vida.

«No son ocho. Son siete. *La otra*, cuyo uniforme blanco les hizo creer que era una empleada más, no trabaja en la finca, pero entonces ¿qué hacía? ¿Y qué lleva en la bolsa?».

—Gracias, nos ha sido de mucha ayuda, Aura —le dice Vega apresuradamente.

—Anita y Estela siempre van a su aire, pero Manuela habló con ella, ¿no? Eso parece en la imagen, que le está hablando... a lo mejor la recuerda —considera Aura, levantándose del sofá al mismo tiempo que Vega y Daniel.

—Eso es lo que vamos a comprobar —contesta Vega, más para sí misma que para la empleada, que los acompaña hasta la puerta y se despide con el manido:

—Ojalá den pronto con el desgraciado que acabó con la vida de esa pobre chica... tenía la edad de mi hija... —repite con la mirada perdida y gesto contrito.

Mientras Vega y Daniel suben a la sexta planta para poder hablar con Manuela, Begoña reclama su atención desde comisaría.

—Lo tenemos, Vega —empieza a decir, obligando a los inspectores a detenerse en el rellano—. La cuenta de X que está revolucionando a todos, porque no sé si lo sabes, pero lo último que ha publicado ha sido un vídeo de Hugo masturbándose, opera desde...

—Espera, espera. ¿Cómo que un vídeo de Hugo masturbándose? ¿Hugo Sanz, el *influencer*?

—Y con la etiqueta #ElAsesinoDelGuante. Blanco y en botella, aunque publicar algo así sea un delito de la hostia. Digamos que... en el vídeo se ve claramente el placer que a Hugo le produce la asfixia.

—Joder —blasfema Vega, mirando a Daniel y susurrándole con prisas—: Entra en X y échale un vistazo a la última publicación de @laparejaperfectaesunfraude.

Casi al instante, Vega observa el gesto atónito de Daniel, que le provoca un vuelco en el estómago, señal inequívoca de que van por buen camino.

—Pues lo que te iba diciendo —sigue Begoña, volviendo a captar toda la atención de Vega—. La cuenta @laparejaperfectaesunfraude fue creada en Madrid, tanto en X como en Instagram, aunque todavía no haya usado esa red social. Solo X —subraya—. Después de obtener la orden, sabemos que la IP procede del chalet de Andrés Almeida, el padre de Valeria, la primera víctima conocida del Asesino del Guante, que se encuentra en la urbanización Valdeagua, en la sierra de Madrid. Peeero… sabemos que Andrés ha viajado a Tailandia hace dos días, que fue en el mismo avión que la parejita de moda, y que ahora mismo se encuentra en Thong Sala, concretamente en Angkana Bungalows, desde donde ha subido las últimas publicaciones en X. La IP es de allí. O es un negado con estos temas y no ha caído en la cuenta de que íbamos a dar con él, o realmente le importa todo un pimiento.

—O sea que… —intenta resumir Vega, poniendo en orden todo lo que se le está pasando por la cabeza—… Almeida cree que Hugo es el asesino de su hija y de las otras chicas, de ahí el acoso al que lo está sometiendo.

—Exacto. Ha perdido a su hija, Vega, es un hombre que siente que no tiene nada que perder, y esos son los más peligrosos. Son capaces de hacer cualquier cosa, ya... —Begoña se calla de golpe. «Ya lo sabes», le iba a decir a Vega—. Pero, pese a los gustos sexuales de Hugo, ¿y si se equivoca? Tendrá que responder ante la justicia por lo que está haciendo.

—No creo que Almeida esté haciendo esto por una corazonada, Begoña. Habrá recordado algo que le dijo su hija o... de algún modo habrá relacionado a Hugo con el asesino. No sé, no son más que elucubraciones, así que, hasta que no podamos hablar con él, no podremos conocer sus verdaderas intenciones. En una hora volvemos a comisaría, Begoña, nos falta hablar con la empleada del sexto. Mientras tanto, intenta contactar con Andrés.

Vega guarda el móvil en el bolsillo trasero de sus tejanos y se sitúa al lado de Daniel para ver lo mismo que él.

—Jo-der —repite, porque no le sale otra expresión, abriendo los ojos en exceso, como si así pudiera ver mejor al *influencer* tumbado en una enorme cama con cabecero de bambú. Deduce que se encuentra en la cabaña del complejo hotelero de Thong Sala. Hugo tiene la mano izquierda escondida debajo de los calzoncillos moviéndose a un ritmo endiablado, al tiempo que, con la mano derecha, se presiona la tráquea. Tiene los ojos cerrados y su cara expresa un placer imposible de fingir. Se muerde el labio inferior con tanta fuerza, quizá para contener un jadeo, que a Vega le extrañaría que no le hubiera salido sangre. Son momentos íntimos que nadie debería divulgar ni juzgar, y aun así, el padre de Valeria se ha arriesgado a hacerlo, como si de esta forma quisiera abrirle los ojos al mundo. Basta la etiqueta #ElAsesinoDelGuante para dejar claro quién es en realidad Hugo Sanz—. Se intuye luz en la puerta que hay al lado. ¿El cuarto de baño? Astrid estaba ahí dentro, seguro.

«Grabó ocho *stories* desmaquillándose. Posiblemente en el mismo momento en el que Hugo, al otro lado de la puerta, se masturbaba sin pensar, ni remotamente, que lo estaban grabando. Astrid habló de cremas, de rutinas faciales nocturnas, reconoció que la piel se le seca con facilidad, de la deliciosa cena romántica en la terraza de Angkana Bungalows...», se calla Vega.

—Y si Astrid... —empieza a elucubrar Daniel, sustituyendo el móvil por la Tablet, donde vuelven a observar la imagen congelada a las cinco de la tarde de las empleadas saliendo de la finca—. A las cinco de la tarde Lucía llevaba hora, hora y media muerta. Pero no recuerdo haber visto a esta chica entrando en la finca antes de las cinco —se fustiga Daniel, convencido de que no se han fijado en ella porque en todo momento han estado buscando a un hombre.

—Astrid es rubia y esta chica tiene el pelo oscuro... diría que negro —niega Vega. Parece mentira. Hasta hace tres días, la inspectora no tenía ni idea de redes sociales ni de *influencers* que te cuentan su vida en verso y mucho menos quiénes eran Astrid Rubio y Hugo Sanz, y ahora se sabe de memoria los rituales de belleza de ella—. Tampoco es que se la vea muy bien aunque Aura haya asegurado que no la ha visto nunca, Manuela la tapa bastante —añade, invadiendo aún más el espacio personal de Daniel, que la mira con el rabillo del ojo y el corazón acelerado, mientras Vega le da al *play* para ver a las mujeres en movimiento, aunque solo durante un par de segundos, pues enseguida desaparecen del encuadre.

—Vamos... eh... vamos a ver qué nos puede decir Manuela —decide Daniel, un poco aturdido debido a la proximidad de Vega, volviendo a emprender el ascenso hasta el sexto piso que Begoña ha interrumpido. Aún tiene la esperanza de que Vega, que muestra una seguridad admirable, no se chive de lo que ha hecho, aunque prefiere no sacar el tema, le avergüenza demasiado. A lo mejor, en el fondo, Vega siente algo fuerte por él que la disuada de hacer lo correcto.

Es Daniel quien llama a la puerta del sexto y último piso de la finca en la que vivió y murió Lucía.

—¡Ya voy, ya voy! —oyen que dice una mujer tras la puerta. Parece arrastrar las piernas con pesadez hasta que les abre. Manuela compone un gesto de sorpresa y suelta con desparpajo—: Si vienen a vender algo, no pierdan el tiempo, porque yo solo soy...

—Somos policías —la interrumpe Vega, mostrando su placa, al tiempo que Daniel hace lo mismo dedicándole una sonrisa—. Perdone que la molestemos, Manuela, pero necesitamos hablar con usted.

Manuela, que en dos meses cumple sesenta años

y lo que más desea en este mundo es jubilarse y viajar a Benidorm siempre que se le antoje, deja a un lado la escoba, se retira el sudor de la frente, y levanta las cejas antes de preguntar:

—¿Hablar conmigo? ¿Por qué, para qué? —«Si yo no he hecho nada para que la policía quiera hablar conmigo», le falta decir—. ¿Y cómo saben mi nombre?

—Nos lo ha dicho Aura, la empleada del segundo con quien acabamos de hablar. Después de haber interrogado a los propietarios, incluida a la pareja para la que trabaja, ahora estamos hablando con todas las empleadas que hay en la finca por el asesinato de Lucía Alegre, del cuarto piso —le explica Vega, con calma, obviando que no han hablado con Ramona, la empleada del piso de abajo, al que ya no creen que acudirán si Manuela resuelve sus dudas y conjeturas.

—¿Aura? Menuda cotilla está hecha… —resopla, sin que la mención del asesinato de la vecina la sulfure ni un poquito—. Bueno, pasen, pero en media hora llegarán los dueños y no sé si les gustará que estén aquí.

—Tranquila, serán solo unos minutos —la calma Vega, mientras Daniel prepara la Tablet sin que Manuela los invite a pasar al salón. La conversación va a transcurrir de pie y en el amplio vestíbulo recargado de cuadros, jarrones y figuritas anticuadas de las que se encuentran en El Rastro pero que en realidad tienen un valor incalculable.

—Manuela, el día 7 de julio salió a las cinco de la

tarde de la finca y...

—Uy, ¿pero cómo me tienen grabada? ¿Esto es legal? —Manuela, desconfiada y arrugando la nariz, señala la Tablet, un objeto extraterrestre para ella, que no se lleva nada bien con las tecnologías. Con lo fácil que es ir por el mundo con una libretita y un boli, qué manera de complicarse con lo táctil, ¿no?

—Hay una cámara de seguridad en el banco de enfrente. Es legal y pedimos una orden para requisar la grabación del día que asesinaron a Lucía —contesta Daniel, aunque respecto a la legalidad de la cámara no las tiene todas consigo. Enfocaba una parte de la vía pública (por seguridad, se excusaron) que a la entidad no le corresponde.

—Ah, vale, vale —se limita a decir la empleada.

Nada, esta mujer parece no sentir nada. Manuela, al contrario que sus compañeras, sigue sin inmutarse ante la palabra «asesinato».

—El caso es que contamos ocho empleadas saliendo de la finca y Aura nos ha aclarado que no son ocho, sino siete, y no ha reconocido a la mujer con la que usted está hablando —añade Vega—. ¿Se acuerda de este momento?

Manuela, como ha hecho minutos antes Aura, se adueña de la Tablet agarrándola con delicadeza como si tuviera miedo de romperla, y aproxima la pantalla a escasos centímetros de su cara.

—Sí, claro que me acuerdo. Le pregunté que de qué piso salía y si era nueva, porque no la había visto nunca.

162

No me extrañó, pero fue muy tiesa... me pareció una estirada. Ni adiós me dijo.

—¿Qué le contestó?

—Nada, que sí, que era nueva. Y ya está. Se fue a toda prisa. No la he vuelto a ver en estos días.

—No le vemos muy bien la cara, ¿podría describirla físicamente?

—Pues a ver, era muy alta, como ven me saca una cabeza y yo bajita no soy. Delgadísima, un palillo, de esas que las miras y te apetece prepararle un buen cocido, aunque Dios me libre de criticar el cuerpo ajeno, eh, que eso está muy feo. Era guapa, de rasgos muy finos, no iba maquillada y tenía los ojos grandes, claros, no recuerdo de qué color. Y el pelo negro y largo, un poco estropeado. Vestía uniforme de camisa y pantalón ancho de esos que se sujetan con una goma en la cintura como los que llevan las cuidadoras en los geriátricos o las enfermeras. Y blanco, muy blanco, demasiado... eso me pareció raro, porque el blanco es muy desagradecido y siempre se te cuela alguna manchita, aunque se la veía tan finolis que... y olía mucho a... ¡Ahhh! ¡Dios mío! —exclama, sobresaltada, llevándose las manos a la boca como si hubiera caído en la cuenta de algo de vital importancia. Los inspectores creen que, dada la teatralidad de sus gestos, saldrá corriendo por el pasillo porque se ha dejado el fuego encendido o algo así, pero Manuela no se mueve del sitio—. En el periódico leí que el asesino le roció el cuerpo a la chica con lejía, ¿verdad? —inquiere Manuela

163

en una exhalación. Vega mira a Daniel con fastidio. Él, incómodo, agacha la cabeza. No, si al final va a resultar de ayuda que se filtrara esa información—. Esa chica olía mucho a lejía, muchísimo, y yo con los olores no me equivoco nunca, soy buenísima detectándolos, como un perro rastreador de esos. A productos químicos olemos todas, eso está claro, porque las cosas no se limpian solo con agua ni como por arte de magia, pero... ¿podría ser importante? —pregunta, con la expresión triunfal de quien ha descubierto el Santo Grial.

—Muy importante, Manuela —ratifica Vega, sacando su móvil del bolsillo y entrando en el perfil de Instagram de Astrid Rubio que, extrañamente, lleva muchas horas sin publicar una sola *story* desde Tailandia. Concretamente, desde que, de camino a un taxi, informaba a sus seguidores de que se iba a Malibú Beach a promocionar una clase de Yoga y a disfrutar del día. Eso ha sido a las diez de la mañana hora Tailandia, cuando en España eran las cuatro de la madrugada, por lo que lleva sin dar señales de vida ocho horas, calcula Vega con rapidez. En Tailandia ya son las seis y media de la tarde. Busca un primer plano de la cara de la *influencer* entre sus innumerables fotos, y Vega tiene que ir un poco atrás en el tiempo, porque la moda ahora es hacer vídeos, salir de cuerpo entero, enseñar modelitos y paisaje... pero encuentra una bastante reciente en la que se la ve con maquillaje natural—. ¿La reconoce? ¿Es esta la chica con la que habló?

Manuela comprime los labios y asiente con gesto severo antes de volver a hablar:

—Es ella. Sí, sí, no tengo ninguna duda. Iba un poco disfrazada. Ahora que lo pienso, la melena negra estropeada podría ser una peluca, ¿verdad? Pero los rasgos... y los ojos... mmm... sí, los ojos son los mismos.

En el momento en que Hugo deja ir el cuello de Malai y Andrés, con la cara pegada al monitor, comprueba que la chica sigue viva, su frecuencia cardiaca regresa a la normalidad. El cabrón de Hugo sonríe ante una confundida Malai, que, tumbada en la cama sin apenas moverse y con el susto aún reflejado en su bonita cara, consiente que se le corra en la cara.

—Abre la boca —le dice el puto enfermo al que Andrés machacaría con sus propias manos hasta que nadie pudiera reconocerlo.

Y Malai, Andrés sabe lo obediente que es la pobre, abre la boca y se traga parte del semen. A Andrés se le revuelve el estómago al dirigir la mirada hacia el cuello de la chica, donde la huella de la mano de Hugo se perfila en una leve tonalidad púrpura. Mataría a ese cabrón.

—¿Lo ves? Te dije que te gustaría.

Malai, paralizada y en silencio, le dedica una breve sonrisa a Hugo y mira a su alrededor buscando la cámara que sabe que la está grabando. Porque, si no, ¿qué sentido tiene que el hombre triste y raro le pague tanto dinero si no es para ver lo que acaba de pasar? Ahora ella cree que Andrés es otro enfermo. Un vicioso que necesita tratamiento. Como Hugo, que, despectivamente, o así se lo parece a Andrés a tres cabañas de distancia, le dice:

—Vístete. Mi novia llegará pronto.

En bolas y con aire chulesco, Hugo coge el móvil de la mesita. Mira la pantalla con gesto serio, pero no es más que una táctica para ignorar a la chica como hace con todas, haciéndole ver que lo que ha pasado no volverá a pasar más y que puede considerarse afortunada por haber recibido un poco de su atención.

«Todas querrían ser tú».

Cuando el móvil cobra vida, saltan miles de notificaciones y llamadas (de Astrid, de su agente, de Manu, el escritor fantasma que le escribe las novelas a Hugo y al que le dio plantón sin avisar ni nada...). Lo normal. Las ignora, vuelve a dejar el móvil en el mismo sitio, y se encierra en el cuarto de baño.

Mientras tanto, Malai, con la respiración acelerada, el pulso a mil y un dolor terrible en cada uno de los músculos de su cuerpo, especialmente en el cuello, se retira el semen de la cara con su propia camiseta y enfoca la mirada en el marco del espejo que hay frente a la cama. Efectivamente, lo ha adivinado, hay una cámara espía tan pequeñita que es imperceptible para quien no sospeche nada. A Andrés le da la sensación de que la chica le está reprochando en silencio el infierno que acaba de vivir. Él no puede seguir mirando. Mirándola.

Andrés, el culpable de la humillación a la que Malai ha sido sometida, detiene la grabación con el corazón en un puño. No es prueba de nada más allá de una infidelidad que, en cualquier caso, solo le interesa a la novia. Astrid debe de seguir en Malibú Beach buscando a la instructora de Yoga inexistente que Malai ha fingido ser, interpretando un papel estelar para acordar la promoción con la agente de la *influencer*, transfiriéndole seis mil euros en el acto para resultar creíbles e interesados en la colaboración.

Malai sigue viva de milagro. No entiende nada, se nota lo desconcertada e incómoda que está, pero lo importante es que sigue respirando. Quizá, esta vez, Hugo se ha contenido al estar lejos de Madrid. Pero eso no cambia nada, sigue siendo culpable, porque no se puede dar marcha atrás en el tiempo para evitar los asesinatos que ha cometido. Y aunque Malai no haya muerto ni Andrés tenga forma de demostrar que Hugo es el Asesino del Guante que la policía busca, la culpa lo está corroyendo hasta el punto de sentir que le falta el aire. Parece que el techo revestido de madera de la cabaña se le vaya a caer encima si no sale de aquí.

Ya en el porche, con las manos presionando fuerte la barandilla como si le fuera la vida en ello, le entran ganas de gritar para apagar el fuego que, rabioso, siente arder en las entrañas. Pero no lo hace. A Andrés lo educaron en la discreción, que la vida lo enloqueciera no entraba dentro de sus planes. En lugar de desgañitarse como si esa fuera la solución para quitarse el dolor de dentro que le quema, llora. Llora por la hija perdida. Por la soledad a la que va a tener que acostumbrarse el resto de sus días. Por Malai, por la maldad humana y en ocasiones inevitable. Andrés pierde la noción del tiempo gracias a la calma que le transmite el oleaje rompiendo en la arena y logra serenarse un poco, si acaso eso es posible después de todo lo que ha visto y vivido, cuando vuelve a poner un pie en el interior de la cabaña. Dirige una mirada hastiada al monitor dispuesto a desconectar el equipo espía, regresar a Madrid y hablar directamente con la policía.

Sin embargo, la imagen en apariencia congelada que Andrés contempla en la pantalla trastoca por completo sus planes.

CAPÍTULO 16

Vega y Daniel van directos a comisaría, donde Begoña los espera. Tardarán un poco, el tráfico en el centro de Madrid es denso y el calor no ayuda. La mayoría de conductores, estresados, multiplican con sus cláxones el ruido de la ciudad, como si no hubiera suficiente con las numerosas obras. Le entran ganas a uno de largarse a vivir al campo.

No hay novedades, porque no hay manera de contactar con Andrés Almeida, el hombre de voz pausada y ojos grises que parecían un témpano de hielo pese a la honda pena, así lo recuerda Vega. Tiene el teléfono apagado y lo último que quieren, aunque no les va a quedar otro remedio, es avisar a las autoridades tailandesas para que hagan algo al respecto, ahora que saben con total seguridad que el padre de Valeria es quien maneja en redes sociales la cuenta que está en boca de todos.

—Bueno... pues al final resulta que tener un chivato en comisaría nos ha servido de ayuda —suelta Vega, con la mirada al frente, centrada en la conducción.

—Vega… eso quiere decir que…

—Que nos haya ido bien que se filtrara a la prensa el detalle de la lejía por el olfato desarrollado de Manuela, no quiere decir nada —lo corta, pisando el pedal de freno en un semáforo en rojo y dando golpecitos en el volante con el dedo índice—. En cuanto resolvamos el caso, tú por tu lado y yo por el mío. No volveremos a trabajar juntos, Daniel —sentencia—. No confío en ti.

—¿No me denunciarás?

—¿Después de todo lo que hemos vivido juntos, es lo único que te preocupa? ¿Las consecuencias de tu cagada? Porque recuerda que tú te lo has buscado. A mí lo que ahora me inquieta es saber por qué una *influencer* conocidísima como Astrid con una vida perfecta y resuelta, entró a las tres de la tarde enfundada en tejanos, sudadera con capucha en pleno mes de julio y gafas de sol, para a las dos horas salir con una bolsa de tela que debía de esconder las sábanas y un bote de lejía como mínimo, intentando camuflarse entre las empleadas. La putada es no tener pruebas tan concluyentes de su presencia en las fincas donde vivían las otras chicas.

—¿Y si Astrid está protegiendo a Hugo? ¿O son cómplices? Él mata y ella limpia la escena del crimen —especula Daniel. Después de hablar con Manuela y salir de la finca, ha retrocedido la grabación del 7 de julio varias horas desde las 17.00. Han vuelto a ver al tipo del traje de motorista (Hugo) salir a las 14.50, y a una chica en la que no habían reparado entrar a las 15.23. No hay duda de que físicamente es idéntica a Astrid, pese a que iba muy tapada.

—Es muy retorcido.

«Pero factible».

—¿Y qué asesino no es retorcido, Vega?

—No lo parecen, ¿sabes? —empieza a decir Vega, con brusquedad y a la defensiva, pensando en su exmarido, que también le viene a la mente a Daniel—. Esos son los peores, los que te traen el desayuno a la cama, los que parece que no pero en realidad te manipulan a su antojo, juegan contigo, se ven superiores... Sueltan mentiras por la boca a diario, a todas horas, y tú te las crees porque ellos mismos se las creen. Se inventan una vida entera y lo hacen tan bien y te embaucan de tal forma, que no caes en la cuenta de la manipulación a la que te están sometiendo. Caen bien a casi todo el mundo, tienen el don de que nadie vea nada raro ni malo en ellos —añade, pensativa, arrancando el coche en cuanto el semáforo cambia y los peatones se detienen en el borde de la acera. Daniel respeta su silencio, los malos recuerdos que sabe que se le están agolpando—. ¿Y si Astrid no es más que un títere en manos de un psicópata? ¿Y si la tiene amenazada?

—En redes sociales ella es la que parece manipularlo a él.

—Precisamente por eso, Daniel. No es más que una tapadera. Pocos ven lo que somos, pero todos ven lo que aparentamos —zanja Vega, con la acertada cita de Nicolás Maquiavelo que a Daniel le suena haber leído en

171

la cubierta de algún libro.

¿Puede alguien morir dos veces?

Puede. Pero no es más que una visión. Una trampa de nuestra mente recordándonos lo frágiles que somos.

Porque a quien Andrés ve a través del monitor no es a Malai inerte en la cama de la cabaña 12 con los ojos abiertos fijos en el techo, la tráquea destrozada y la cabeza extrañamente ladeada como si además le hubieran partido el cuello, sino a su hija Valeria.

—No. No. No. No. No —niega repetidas veces, llevándose la mano al pecho, creyendo que el corazón le va a reventar de un momento a otro—. ¿Qué cojones ha pasado aquí? —inquiere con incredulidad y sin entender nada, la respiración entrecortada, las pulsaciones disparadas, maldiciendo haber detenido la grabación. No hay manera de volver atrás y descubrir qué ha pasado durante ese lapso de tiempo en el que él no estaba mirando y que ahora flota intrigante en el aire.

Piensa, Andrés, piensa.

Parece que Hugo sigue en el cuarto de baño, la puerta está cerrada. Sube el volumen y alcanza a escuchar sutilmente el agua de la ducha. Pero en algún momento Hugo ha debido de salir y ha matado a Malai de la misma forma en la que acabó con la vida de Valeria y las otras chicas. Al final no lo ha podido evitar. Es su instinto. Debe de ser su instinto o alguna tara mental, se lamenta

Andrés.

Cuando Andrés ha salido al porche para intentar calmarse, Malai estaba viva, mirando con desprecio en dirección a la cámara espía que Saman colocó en el marco del espejo. Lo miraba con asco a él. Ella sabía que Andrés, *el que paga, el que manda*, estaba al otro lado, que había visto el mal rato que Hugo le había hecho pasar, deduciendo que había disfrutado de la degradación a la que la había sometido.

«Puto enfermo», parecía estar pensando la tailandesa, sin sospechar la verdadera razón del retorcido plan de Andrés.

Andrés, sin poder apartar la vista del monitor como si hubiera caído preso de un hechizo, se da cuenta de que no es Valeria quien ha sido asesinada por segunda vez. Porque eso no es posible. Nadie puede morir dos veces. No es más que nuestra mente engañándonos, el recuerdo de un trauma volviendo una y otra vez, en bucle, como si fuéramos víctimas de una despiadada magia negra dispuesta a enfermarnos.

Es Malai.

Hace diez minutos Malai estaba viva.

Y ahora, como Valeria, como las otras chicas, está muerta.

Ahora Malai, tristemente, también pertenece al club de las muertas.

A las 12.34 hora Tailandia, cuando media España aún duerme y quien no está de vacaciones madruga para ir a trabajar, Andrés ve a Astrid entrando por la puerta de la cabaña. Parece furiosa, deduce que por la argucia de la instructora de Yoga en Malibú Beach y las más de dos horas perdidas pese a la suma de dinero que ya tiene en su cuenta bancaria por *no hacer nada*.

—¡Hugo! —lo llama Astrid desde la entrada, mientras lanza una bolsa playera en el sofá de bambú. Él sigue encerrado en el cuarto de baño con la ducha abierta y no la oye—. ¡Hugo! —Dos pasos al frente. Tres. Cuatro...—. Hu...

La pantalla dividida en tres muestra desde varios ángulos a Astrid contemplando el cadáver de Malai con una frialdad inusitada, como si no le extrañara, como si lo hubiera visto venir, como si no fuera más que una muñeca rota sin importancia que esperaba encontrar tirada en la cama.

—Pero... —musita Andrés con extrañeza, centrándose en Astrid, en sus ojos entrecerrados, los labios comprimidos, la mandíbula tensa. No es la cara de alguien a la que le sorprenda o le turbe un asesinato, o a lo mejor es el shock, que cada uno lo vive de una manera distinta. Hasta que Hugo sale del cuarto de baño enfundado en un albornoz y ella parece reaccionar, espetando con voz temblorosa:

—¿Qué has hecho, Hugo?

Hugo, confundido y sin entender nada, da un paso

adelante pensando que la estúpida tailandesa sigue en la cama y Astrid los ha pillado *in fraganti*, cuando el pánico, en él sí se intuye incluso a través de una fría pantalla, se abre paso en su interior.

—Hugo… ¡Hugo, joder! ¿Qué has hecho?

Ahora Andrés sí ve a la popular *influencer* desesperada, dando vueltas por la habitación como un animal enjaulado.

—Yo no… Te juro que estaba viva. Estaba viva cuando he entrado en… en el cuarto de baño a darme… una… du-du-ducha… No sé lo que… yo… no… —balbucea, paralizado y sin ser capaz de moverse del sitio.

Pero una cosa es la apariencia y otra muy distinta lo que pasa en tu interior, y el interior de Hugo es confuso, siniestro, sus pensamientos son ruidosos, van acelerados, no tienen sentido:

«¿Apreté demasiado? ¿La he matado? ¿He imaginado que estaba viva cuando en realidad ya estaba muerta? Vi algo así en una película… no sé cuál, pero… ¿Hasta qué punto la vida puede imitar a la ficción? ¿Eso es lo que he hecho? ¿Lo que hice con Lucía, con el resto de chicas de las que ni siquiera recordaba sus nombres hasta que los leí en la prensa? Joder. Joder. Joder. Estoy loco. Estoy enfermo. Voy a ir a la cárcel. Es lo que merezco. Pudrirme en la cárcel lo que me quede de vida».

CAPÍTULO 17

Hugo Sanz está, sin saberlo, en boca de todo el mundo desde que el padre de Valeria ha publicado el vídeo en el que aparece masturbándose. Pese a que el vídeo original difundido en X con millones de visualizaciones ha sido eliminado, nada que se publique en internet desaparece así como así. El vídeo ha sido reenviado más de quinientas mil veces por WhatsApp, se puede seguir viendo a través de otras redes sociales, y algunas páginas de contenido pornográfico se han adueñado del jugoso material sin que les importe las consecuencias legales que implique, porque el beneficio que ya les está generando compensa con creces. Hay artículos enteros que, en honor a Hugo, hablan de la asfixia erótica y autoerótica, considerada extremadamente peligrosa y en ocasiones mortal, sin que ningún periodista se haya atrevido (todavía) a atribuirle al *influencer* los asesinatos de Valeria, Susana, Magda y Lucía, por muy claro que lo tenga quienquiera que se esconda detrás de la cuenta

@laparejaperfectaesunfraude, cuya identidad no ha sido difundida. Son los ciudadanos corrientes protegidos por el anonimato los que, jugando a los detectives, sospechan de Hugo. Y es que el mundo parece haberse dividido entre detractores y defensores del *influencer*. La historia que se ha ido generando en torno a los crímenes del Asesino del Guante es tan atractiva, que ha dado la vuelta al mundo ocupando diversos titulares en Francia, Italia, Inglaterra, Alemania, México, Estados Unidos... Los protagonistas, ajenos al revuelo, ya que suficiente tienen con ocultar un cadáver, aún no se han pronunciado, y sus representantes no se atreven ni a contestar al teléfono. Quien ha invadido la intimidad de Hugo debe enfrentarse a la justicia, opinan algunos, mientras otros, la mayoría, los que empiezan a desconfiar del *influencer*, aseguran sin tapujos que es el Asesino del Guante y merece esto y mucho más, por lo que un *aplauso fuerte* para quien ha destapado el engaño, «y pobre Astrid, ojalá lo supere».

Afortunadamente, Daniel ha aprendido la lección. El nombre de BEGOÑA P (de periodista) no para de centellear en la pantalla de su móvil en busca de una jugosa exclusiva, pero no va a ser él quien filtre la identidad de la cuenta @laparejaperfectaesunfraude. La prensa tendrá que seguir especulando con que se trata de alguien cercano a alguna de las víctimas, y no van desencaminados.

—No viajó a Tailandia sin nada. El padre de Valeria se ha gastado más de quince mil euros en un sofisticado equipo de vigilancia que debió de facturar en el aeropuerto de Madrid —informa Begoña—. La pregunta es: ¿cómo descubrió que fue Hugo Sanz? ¿Y por qué intentar destaparlo él sin comentarnos nada?

—Recuerdo la conversación que tuvimos con él —dice Daniel, mirando con el rabillo del ojo a Vega.

—Sí, aseguró no saber nada. Se pasaba meses fuera de Madrid, la relación con su hija era puramente telefónica, apenas se veían... lo recuerdo destrozado, en shock, no era capaz de hablar ni recordar nada, ni siquiera supo decirnos cuándo fue la última vez que había hablado con Valeria.

—Pues parece que estos dos meses le han cundido para recordar y trazar un plan contra los *influencers*. Joder, es que... es que son Astrid Rubio y Hugo Sanz, es como... como si fueran intocables —suelta Begoña.

—¿Y hasta qué punto puede estar implicada Astrid? —añade Daniel, silenciando su móvil para que la periodista no lo moleste más.

—Debemos ser muy cuidadosos —opina Vega—. Aunque Manuela, la empleada del sexto piso de la finca donde vivía Lucía, ha reconocido a Astrid como la mujer que intentó pasar desapercibida mezclándose con ellas al salir, la realidad es que en la grabación apenas se le ve la cara, lo cual nos complica las cosas a la hora de presentar pruebas. Tampoco vemos a Hugo, ni cuando entra a las 12.06 ni cuando sale a las 14.50. Solamente tenemos el testimonio del repartidor de SEUR describiendo el reloj de oro que luego vimos en las fotos que publicó el padre de Valeria en X, y hasta puede que se trate de una coincidencia, pero Andrés ha conseguido que tengamos a los *influencers* en el punto de mira. Supongo que ese era su propósito.

—Pero, si tal y como vemos en la grabación, Astrid entró a las 15.23 y salió a las 17.00... —añade Begoña, torciendo el gesto y percatándose de la importancia de las horas—. A ver, según el forense, Lucía murió entre las 15.30 y las 16.00 y no admitió errores cuando le preguntamos si había alguna posibilidad de que el asesinato se hubiera producido antes, ¿verdad? Entonces, cuando Hugo salió de la finca a las 14.50, Lucía seguía viva. Debió de ocurrir lo mismo con las otras chicas, pero no son más que conjeturas, no hay pruebas contundentes y eso implicaría que, en el caso de que un juez admitiera las pruebas y los testimonios que tenemos, solo cumpliera condena por un asesinato, el de Lucía, aunque la relación con el resto de víctimas es indiscutible debido al mismo modus operandi.

—Crimen pasional —tercia Daniel.

—Exacto —conviene Vega—. Crimen pasional... Aunque parezca increíble, Astrid tiene todas las papeletas de ser la asesina que llevamos dos meses buscando.

—Tú eres el Asesino del Guante, Hugo —admite Astrid, sentada lo más lejos que puede del cadáver de Malai. Tiene la espalda apoyada contra la pared y las rodillas pegadas a la barbilla. Ni Hugo ni ella son conscientes de lo cara que les puede salir esta conversación en la intimidad de la cabaña 12. Andrés lo está grabando todo y del interior de la Cabaña 9 no lo va a sacar ni un terremoto—. Eres tú, Hugo, eres tú...

—No —niega Hugo, que ha empezado a lloriquear como un crío con la mirada suspendida como la de un muerto en el cuerpo desnudo de Malai cada vez más frío y cerúleo.

Tiene el cuello destrozado. La tráquea se intuye aplastada, rota, pero Hugo sigue sin recordar qué ha pasado. Y lo peor es que es consciente de que sus huellas están ahí, grabadas en la piel del cadáver. Que él ha sido el que ha presionado su cuello porque es lo que le gusta cuando se folla a tías que no le importan, pero no ha apretado tanto como para matarla, ¿no? ¿O sí? No, no puede ser, si se ha corrido en su cara y ella se ha tragado su semen, lo recuerda perfectamente, su mente no puede estar jugándole la mala pasada de imaginar algo así, ¡lo ha vivido! ¡Ha pasado! Y, cuando ha entrado en el cuarto de baño, Malai seguía viva, ¡SEGUÍA VIVA!, quiere gritarle a Astrid para que cambie su mirada cargada de desprecio, duda, cabreo, cansancio y decepción, un revoltijo de sentimientos que lo sacan de quicio.

—Alguien me ha tendido una trampa, Astrid —se apresura a decir Hugo—. Tienes que creerme. Alguien ha entrado mientras yo estaba duchándome y le ha hecho eso, ha tenido que ser así, porque yo...

—No, Hugo, nadie ha entrado mientras te estabas duchando ni te ha tendido una trampa… estás enfermo —trata de hacerlo entender, ahora con delicadeza, como si le hablara a un niño pequeño que no distingue entre el bien y el mal—. Estás enfermo y yo… yo estoy cansada de ir detrás de ti como un perro faldero. Puedo entrar en tu cuenta de Instagram, ¿lo sabías? Tengo todas tus claves, me las sé de memoria. He leído tus conversaciones con esas chicas… me encargué de borrarlas, Hugo. Yo borré vuestros mensajes para que no te incriminaran. Los viernes, tú y ellas… —titubea Astrid, cerrando los ojos con fuerza e inspirando hondo antes de seguir—: Yo sabía adónde ibas, Hugo. La hora a la que habíais quedado, la dirección… Era fácil distinguirte entre la gente con ese traje de motorista y el casco. Es tu manera de esconderte, de que nadie te reconozca por la calle, porque ni siquiera sabes conducir una moto. Y también sabía que… Bueno, sé cómo eres. Soy la única que lo sé, te conozco mejor que tú mismo, y por eso puedo anticiparme al desastre.

—¿Anticiparte al desastre? Qué… ¿Qué quieres decir? —pregunta Hugo con ingenuidad, sintiendo un vuelco enorme en el estómago.

—Yo he limpiado tu mierda. Llevo mucho tiempo limpiando tu mierda —recalca—. La lejía. Las sábanas. Joder, Hugo, sin mí te habrían pillado, las camas de esas chicas, sus cuerpos… Tus huellas estaban por todas partes y todo el mundo sabe que la lejía lo borra todo. Porque las matas, Hugo. Sí, las matas, las ahogas. Te encanta ver cómo pierden la vida mientras te las follas. Las matas, sí, las matas… —repite—. Y no te das cuenta. Y después… hay algo en tu cabeza que no está bien. Olvidas lo que has hecho, sigues como si nada, como si… como si, después de follártelas, las hubieras dejado en sus apartamentos sanas y salvas. ¿Eres consciente de que saltas de un sitio a otro y luego no tienes ni idea de cómo has llegado hasta allí? Lagunas mentales. Sé lo mucho que te preocupan, fuiste al neurólogo sin decirme nada. La mente es compleja, un misterio, y lo que le pasó a tu madre… Te traumó, cariño. Todo lo que te pasa, la enfermedad… viene de ese momento.

«No puede ser, joder. No puedo ser así. Esto es imposible. Estaban vivas, estoy seguro de que estaban vivas, de que me sonrieron cuando salí por la puerta, de que insinuaron que les gustaría repetir…».

—¿Y cómo entrabas en sus apartamentos? —desconfía Hugo con gesto sombrío.

Astrid le dedica una sonrisa triste, cansada. Parece tan convincente, que a Hugo no le queda más remedio que creerla; sin embargo, a Andrés hay algo en ella que no le cuadra. Cualquier mujer temería a un hombre capaz de arrebatarle la vida a otra persona. Habría salido huyendo en cuanto sospechara algo raro. O la famosa *influencer* está tan loca como él, o aquí hay gato encerrado.

—Tengo mis recursos —contesta Astrid con calma—. Pero un mago nunca desvela sus trucos.

—¿Y qué hacemos ahora? —Hugo señala a Malai.

«¡Despierta, Malai, despierta, esto no tiene gracia!»—. Estamos en Tailandia, aquí la policía, las cárceles... es una mierda, me pueden condenar a muerte, joder.

Astrid se levanta con decisión, acercándose lentamente y con cuidado a Hugo, como si temiera que le fuera a saltar a la yugular.

—¿No me tienes miedo? Después de ver cómo soy... ¿No te entran ganas de salir corriendo?

—Shhh... Estoy tan implicada como tú. Por querer protegerte. ¿Aún no te has dado cuenta de que soy la única persona que te quiere y te entiende, Hugo? ¿Aún no sabes que soy la única que puede salvarte? —inquiere, servil, colocando los brazos alrededor del cuello de Hugo, quien, con cierta reticencia, agacha la cabeza y la hunde en la clavícula de Astrid, donde vuelve a gimotear sintiéndose desvalido.

—Yo a ti nunca te he hecho daño... ¿verdad? —sisea con la voz ronca, sin fuerza. El hombre *perfecto*, el más deseado, da tanta lástima ahora...

—Nunca —le sigue el juego Astrid, acariciándole el cabello. Lejos de evitar el cadáver de Malai, a Andrés le sorprende cómo Astrid lo mira, sin apenas pestañear.

—Contigo no me atreví a contarte mis... fantasías. Ni a hacerte... eso... Con las otras era fácil, se dejaban hacer de todo, pero tú...

—Yo soy especial, Hugo.

—Sí... eres especial. Siempre has sido especial —musita, sintiéndose agotado y somnoliento de repente.

Astrid sonríe. Espera, no, no está sonriendo, está conteniendo la risa. Hay un cadáver a escasos metros de ella y está haciendo un esfuerzo por no echarse a reír delante de un Hugo desolado y tembloroso.

—Qué hija de puta —mascula Andrés, convencido de que cuando a través del monitor ha visto entrar a Astrid en la cabaña, ella ya sabía qué encontraría. Porque era la segunda vez que entraba, quizá pensando que Hugo ya había salido del cuarto de baño y se había topado de frente con la tragedia. Porque mientras Andrés estaba fuera intentando encontrar una calma que ahora está muy lejos de sentir, Astrid le ha reventado la tráquea a Malai, de ahí la inexpresión de su mirada, la frialdad de sus gestos, el control y el poder que ahora ejerce contra un Hugo que da muestras de lo débil y manejable que es—. Fuiste tú.

CAPÍTULO 18

Belinda, la agente de Astrid, y Félix, el agente de Hugo, han apagado sus móviles por primera vez desde que abrieron sus respectivas agencias de representación de *influencers*. A pesar de estar acostumbrados a todo, la presión que ahora se les ha echado encima por culpa de sus clientes, roza lo insoportable. No saben cómo actuar. Les ha sido imposible contactar con Astrid y Hugo, y cualquier comunicado a la prensa podría ser contraproducente.

Se miran entre ellos con gesto de gravedad.

¿Acaso puede haber algo más delicado que el vídeo que se ha filtrado de Hugo masturbándose?

Sí, lo hay, los representantes no pueden creer que Hugo sea el Asesino del Guante tal y como insinúa con contundencia esa cuenta *fake*, pero si están aquí es porque debe de haber algo más turbio que todavía desconocen. Vega y Daniel están a punto de hablar con ellos, a la espera de que las autoridades tailandesas respondan a su aviso y colaboren, pues con lo mucho que están ardiendo las redes, no les extrañaría que los *influencers* estén al corriente y se den a la fuga. Esas seis horas de más en Tailandia puede ponerles en un aprieto. Sopesan que es posible que ya hayan abandonado la isla Koh Phangan y que les cueste localizarlos.

En cuanto Vega y Daniel se sientan frente a los representantes, estos, apurados, sacan a colación el tema del vídeo filtrado.

—Es un momento íntimo de mi representado —espeta Félix, con el mismo tono frío y duro que emplea en las negociaciones—. Si saben quién está detrás de esa cuenta tienen la obligación de comunicármelo para emprender las acciones legales pertinentes.

—Señor Álvarez...

—Félix. Llámeme Félix, por favor.

—Félix —empieza a decir Vega, dispuesta a contarle sus sospechas sobre Astrid cuando, para sorpresa de Daniel, decide cambiar de estrategia. Más por curiosidad que por necesidad, pero la inspectora quiere encontrar algún tipo de sentido a esta locura, aunque todo asesinato sea un sinsentido. Con suavidad, le pregunta al agente de Hugo—: ¿Cuál es la historia de Hugo? La real, no la que nos han vendido durante años en redes sociales.

—Pero eso... ¿eso qué tiene que ver? —Belinda le da un codazo, arquea las cejas. «¿Pero a ti qué te pasa? Contesta a lo que te pregunten. A lo que sea», le quiere decir Belinda a Félix sin necesidad de palabras—. ¿Tienen pruebas de que Hugo sea el Asesino del Guante?

—Yo no he dicho que creamos que Hugo sea el Asesino del Guante —replica Vega, perspicaz, mientras Daniel, que es de los impacientes que van directos al grano, piensa que están perdiendo el tiempo.

Félix se frota los ojos, parece cansado, las últimas horas le han pasado factura.

—¿Qué quieren saber sobre Hugo?

—Sabemos que llevas seis años siendo su representante. Supongo que te habrá contado cosas… que sabrás algo de su vida. De su pasado…

—Llevamos seis años trabajando juntos, sí, desde que abrí la agencia. De hecho, fue él quien me dio la idea cuando empezó a hacer sus pinitos en fotolog para luego convertirse en lo que… bueno, en lo que es hoy en día. Hugo, aunque ahora parezca imposible imaginarlo siquiera, no ha tenido una vida fácil —reconoce al fin, y eso es algo que Vega deducía. Félix emplea un tono un poco hollywoodiense para el drama que está a punto de relatarles, pero desde la primera vez que la inspectora se cruzó con Hugo, vio en él ese aire atormentado de quien ha sufrido mil batallas antes de llegar a la cima del éxito—. Su padre era adicto al juego. Llegaba a casa a las tantas, tenía mucho éxito entre las mujeres, era infiel… hasta donde yo sé, nunca pegó a la mujer ni a Hugo, pero los sometía a un maltrato más psicológico. Sin él, les decía, vivirían bajo un puente, cuando la verdad era que derrochaba el dinero de la madre de Hugo. Ella se esforzaba, tenía dos trabajos: por la mañana era conserje en un instituto y por las noches limpiaba oficinas. Hugo tenía dieciséis años cuando una mañana, antes de irse al instituto, le extrañó ver el chaquetón y el bolso de su madre en el perchero. A esas horas, ya debía estar trabajando. Así que fue hasta la habitación. Estaba a oscuras, la persiana bajada.

—*Mamá, despierta, que vas a llegar tarde al instituto.* —*La madre no se movió. Le daba la espalda, estaba tapada hasta la barbilla, en posición fetal*—. *Mamá…* — *Hugo se fue acercando. Había un silencio denso, extraño. Sus ojos, una vez adaptados a la penumbra, percibieron que bajo el edredón no había movimiento alguno*—. *¡Mamá, tienes que despertar, tienes que despertar, mamá, despierta!* —*empezó a gritar, antes incluso de subir la persiana y ver el rostro cerúleo de su madre que parecía de cera.*

»Hay momentos que se convierten en traumas. Hugo jamás superó la muerte de su madre, y mucho menos ser él quien la encontrara sin vida. No recuerda qué pasó a continuación. En algún momento pidió ayuda, llamó a emergencias… el caso es que se vio en la sala de espera del anatómico forense sin tener ni idea de cómo había llegado hasta allí. Su madre murió de un infarto fulminante mientras dormía. Con la intención de calmar su dolor, le dijeron que su madre se había ido en paz, que no sufrió ni sintió nada cuando el corazón se le detuvo. Hugo estaba roto. La muerte repentina de su madre lo rompió, lo cambió para siempre. El padre acudió al funeral. Fue la última vez que se vieron. Después de eso, Hugo se fue a vivir con una hermana de la madre, pero la convivencia no fue bien y a los pocos meses se escapó de casa. Llevaba bastante tiempo sin ir al instituto. Empezó a juntarse con gente problemática, a dormir en la calle... hasta que mi madre, que era profesora de Matemáticas en el instituto al que él había dejado de ir, se lo encontró un día en la calle. Lo invitó a merendar, más tarde me contó que debía de llevar días sin probar bocado. El caso es que le dio mucha lástima y le propuso venir a vivir con nosotros, al menos hasta que fuera mayor de edad. Si no hubiera sido por mi madre, no sé qué habría sido de Hugo, que volvió al instituto y cambió. Cambió para bien. Se aficionó al deporte, abrió el fotolog que le dio cierta fama, empezó a escribir un libro, llegaron las redes, yo abrí la agencia... y el resto es historia. Hugo es más que mi cliente. Es como un hermano. Lo sé todo de él, a mí nunca me ha ocultado nada, y sé que le ha sido infiel a Astrid. —Belinda pone los ojos en blanco y resopla indignada—. Cuando te escriben tantas chicas, algunas tan guapas, pues caes en la tentación... Él... Hugo tiene problemas mentales.

—¿Qué tipo de problemas? —quiere saber Daniel, metido de lleno en la historia, en el pasado trágico del *influencer*.

—Es algo que siempre le ha angustiado mucho, incluso fue a hacerse pruebas, pero el neurólogo no vio nada y lo atribuyó al estrés, a la presión del mundillo… Hugo tiene lagunas mentales. Así las llama él. Son fugas en el cerebro. Hay momentos que se borran de su memoria. Cree estar en un sitio y, de repente, se encuentra en otro sin saber cómo ha llegado hasta ahí, o se acaba de servir un café y, sin que recuerde haberlo bebido, mira la taza y está vacía… Ese tipo de cosas. Entonces ¿creen que ha podido hacer daño a esas chicas sin que luego lo recuerde?

—Creemos que se acostó con ellas —contesta Vega con calma, la mirada centrada en la pantalla de la Tablet—. Que ocultaba su rostro con un casco de moto e iba vestido con traje de motorista pese al calor, para que nadie lo reconociera por la calle o ninguna cámara de seguridad de las que hay en los comercios lo identificara. —Les muestra una imagen de Hugo saliendo del portal de Lucía—. Tenemos un testigo, el repartidor que entró delante de él. Dijo que llevaba un reloj de oro que brillaba mucho y que parecía muy caro. El mismo reloj que Hugo lleva en la foto que la cuenta @laparejaperfectaesunfraude publicó en X y que también hemos visto en algún post de Instagram.

—¿Esa es la única prueba que tenéis? ¿Un reloj que podría tener cualquiera? —pregunta Félix, aun sabiendo que el modelo es muy poco común, que solo existen cinco relojes en todo el mundo como el que lleva Hugo, y que su valor ronda la friolera de cincuenta mil euros. Pero eso los inspectores que Félix tiene delante ya lo saben, gracias a la publicidad que Hugo le dio al Cartier de oro en una publicación de 2020, presumiendo de que solo él y cuatro afortunados más podían lucirlo en sus muñecas. Y todo esto con la superficialidad de quien no tiene en cuenta que estaban en plena pandemia por COVID y que cientos de negocios se habían ido a la ruina con sus correspondientes propietarios. Familias enteras pasándolo fatal y el *influencer* presumiendo de reloj de oro.

—No, cualquiera no. El Cartier de oro valorado en cuarenta y nueve mil ochocientos euros exactos, solo lo luce Hugo Sanz en España —le aclara Vega—. Pero los horarios no coinciden con el asesinato de las chicas —añade, eludiendo que es algo que solo saben con seguridad en el caso de Lucía. Mira intencionadamente a Belinda, a quien la invade una malísima intuición, mientras Félix parece respirar un poco más tranquilo al pensar que Hugo no es el asesino—. Sin embargo, ¿reconocen a esta chica?

Vega les muestra la imagen de una chica alta y muy delgada que entra en el portal a las 15.23 detrás de un repartidor (como horas antes Hugo), treinta tres minutos después de que el tipo con casco (Hugo) saliera. A Belinda se le escapa una risa fruto de los nervios. Le sudan las manos, no sabe dónde meterlas. Empieza a sentirse fuera de lugar, como si a quien estuvieran acusando es a ella.

—A ver... sudadera, capucha... no se ve bien quien pu...

—Idéntica figura y altura que Astrid —presiona Vega, interrumpiendo a Belinda y enseñándole otra foto, la de Astrid saliendo de la finca con tres empleadas. Manuela, la empleada del sexto piso, la ha reconocido.

—No tienen nada —se le encara la representante, aunque lo hace con la boca pequeña—. Podría ser cualquiera.

—Podría ser cualquiera, pero usted sabe tan bien como yo que es Astrid —resuelve Vega, escudriñando la expresión de Belinda, que traga saliva y asiente en silencio reconociendo la evidencia—. La reconocería hasta en una foto de mala calidad, con una peluca negra y un traje blanco de cuidadora.

—Pero ella no puede haber... —Belinda se aclara la garganta, suspira, sigue hablando, pero sin la seguridad que desprende en su día a día—. Últimamente estaba un poco paranoica con que alguien la seguía en Tailandia para destronarla, el *paparazzi*, lo llamaba, por esa cuenta que han creado en X y en Instagram, pero Astrid... ¿Una asesina? No, es que es imposible, o sea, no...

—¿Algo relevante sobre Astrid?

—Ella no ha tenido una vida tan deprimente como Hugo.

—Belinda... —la amonesta Félix.

—Es verdad, Félix. Astrid siempre ha sido una niña caprichosa que se crio en La Moraleja y que lo ha tenido todo con solo chasquear los dedos. No se lleva bien con sus padres, apenas se hablan —reconoce—. Ellos querían que siguiera sus pasos, ambos son cardiólogos, de los mejores de Madrid, pero Astrid siempre ha necesitado ser... no sé, es algo muy común en las *influencers*. Quieren llamar la atención. Ser famosas, ser las mejores, que las miren y las agasajen, las colmen de detalles y palabras bonitas, convertirse en imprescindibles, en un ejemplo a seguir, en el ombligo del mundo. Las más guapas, las mejor vestidas, las más, más... siempre más. Nunca tienen suficiente. Y luego, os lo digo yo, están llenas de inseguridades y miedos. Viven con el miedo constante de que llegue otra y ocupe su lugar. Los padres huyen de la fama de su hija, nunca han aceptado su estilo de vida. Son personas muy discretas, por lo que podría aseguraros que Astrid no tiene a nadie, solo a Hugo y...

Belinda se calla de golpe. No quiere hablar más, por si eso perjudica a Astrid que bien bien, lo que se dice bien, nunca le ha caído, pero es la clienta que más beneficios le aporta. Hasta la llegada de Astrid a la agencia, Belinda llegaba a fin de mes con la soga al cuello.

Vega y Daniel están pensando en lo mismo. Astrid no solo teme que llegue una *influencer* mejor, más guapa o más joven y le quite los patrocinadores que tanto le ha costado conseguir, también teme, o temía, perder a Hugo. Perder la vida de cuento que fingen tener, aunque ese cuento se asemeje a una historia de terror. Ahora les resulta más fácil imaginar a Astrid arrebatándole la vida a las chicas con las que Hugo se había acostado hacía apenas una hora.

—Belinda —media Félix—, sabes tan bien como yo que Astrid no es trigo limpio, que no es buena persona. Y que es manipuladora y egoísta, que controla a Hugo, lo tiene dominado. ¿Que nos conviene que estén juntos? Joder, sí, tenemos el triple de colaboraciones desde que son pareja, si se separaran perderíamos millones, pero él... él la odia. Y Astrid odia a Hugo. No se soportan. Es un amor tóxico, abusivo... es un jodido infierno.

—La pareja perfecta es un fraude —sentencia Vega, pensando en Andrés, el padre de Valeria. ¿Qué estará haciendo ahora? No ha vuelto a publicar nada en la cuenta que creó en X desde que le borraron el vídeo de Hugo. A lo mejor la red social lo ha bloqueado.

—Aunque físicamente siempre se han gustado mucho, que lo suyo fue un flechazo y que en algún momento de la relación se han llegado a querer, sí, son un fraude —admite Félix, afligido. Porque la realidad es que había dejado de ver a Hugo como un hermano, para verlo como el negocio que le ha permitido tener, antes de cumplir los treinta, un ático en Recoletos y un Lamborghini. Lo material no le sirve de nada para apaciguar la punzada de culpa que lo asalta delante de los inspectores. Quizá debería haber estado más pendiente de él. No haberlo forzado a empezar a salir con una persona dañina y manipuladora como Astrid, no mirar hacia otro lado y haber sabido ver que algo así no iba a terminar bien.

Cuando salen de la sala, Begoña espera a que Vega y Daniel se despidan de los representantes de los *influencers* antes de abordarlos:

—@laparejaperfectaesunfraude ha iniciado su andadura en Instagram, donde ya le siguen quinientas mil personas, una locura. Y... tenéis que ver esto, lo ha publicado hace un par de horas. Es muy fuerte.

En la furtividad de la noche, cuando las cabañas estén vacías y todos los huéspedes de Angkana Bungalows se encuentren disfrutando de la cena en la terraza llena de guirnaldas y palmeras que hoy no contará con el espectáculo de baile de Malai, arrastrarán su cadáver hasta el mar. Le atarán a las muñecas y a los tobillos las pesadas figuras de bronce que han sustraído de la entrada de la cabaña 12 para que se hunda en las profundidades, y, a primera hora, tienen previsto subir al ferry que los devolverá al aeropuerto Koh Samui. Si la suerte los acompaña, habrá algún vuelo que, aunque con escalas, aterrizará en Madrid, donde podrán seguir con sus vidas como si nada, y, si no, cualquier otro destino lejos de Tailandia les sirve.

Parece fácil. Pero ignoran que están en el punto de mira de medio mundo.

—Todo irá bien, Hugo, confía en mí.

—¿Y si alguien se preocupa por ella? ¿O denuncia su desaparición? ¿Y si alguien nos vio entrando en la cabaña? —pregunta Hugo, con la angustia y el terror reflejados en los ojos.

—¿Alguien os vio?

—No lo sé. No lo sé, yo...

—No sabes cómo llegaste a la cabaña. No lo recuerdas —deduce Astrid, dando muestras de lo comprensiva que puede llegar a ser.

—No, joder, no me acuerdo de nada.

—Shhh... tranquilo. Tranquilo, ahora lo importante es estar unidos. Porque estamos juntos en esto, no te voy a fallar, nunca te voy a abandonar. Nunca, ¿me oyes? —insiste, enmarcando la cara de Hugo con las manos y obligándolo a levantar la cabeza y a mirarla a los ojos—. Además, seguro que esa chica no tenía a nadie. ¿Quién va a denunciar su desaparición?

—Soy un monstruo.

—No, cariño, no eres un monstruo, solo... solo estás enfermo. Pero todo se solucionará, te lo prometo. Buscaremos ayuda.

—¿Por qué eres tan buena conmigo? Después de haberte... de haberme acostado con otras y matarlas, tú... tú te has encargado de protegerme.

Andrés, con la indignación y la rabia refulgiendo en las pupilas, se percata de que le han bloqueado la cuenta en X. Pero en Instagram ya hay treinta mil personas siguiéndolo (y subiendo hasta llegar al medio millón que en unas horas verá la agente Begoña), pese a no haber publicado nada. Todas esas personas están deseosas de que haya más material que hunda a los *influencers*. Parece un culebrón turco al que se han vuelto adictos capítulo a capítulo. La sociedad es así, nadie quiere que a la gente le vaya mejor que a ellos, y, aunque traten de ocultarlo, trinan por dentro cuando ven el éxito ajeno.

—¿Buena? Esa tía es veneno, Hugo, joder, abre los ojos... Es una asesina sin corazón —mascullá Andrés entre dientes, sin despegar los ojos del monitor.

Hugo llora con la cabeza enterrada en el pecho de Astrid, a quien no se le borra esa sonrisa cínica cada vez que mira el cadáver de la tailandesa. Andrés vino por Hugo, lo odiaba a muerte, imaginaba sus manos grandes poniendo fin a la vida de su hija. Qué equivocado estaba. Le puso las manos en el cuello cuando se la follaba, es una imagen grotesca que Andrés prefiere no volver a evocar, pero no fue quien la asfixió ni le aplastó la tráquea ni le partió el cuello ni la mató. Valeria seguía viva cuando Hugo abandonó su apartamento. Como ha visto a Malai viva después de que él eyaculara en su cara, algo asqueroso y denigrante, sí, pero no ilegal. Ese chico al que ahora ve enclenque pese a los músculos que solo le sirven para lucir en las fotos, es una víctima más de esa...

—... puta arpía, psicópata manipuladora.

CAPÍTULO 19

—No puede ser —espeta Vega, viendo en bucle la última *story* de las diez que @laparejaperfectaesunfraude ha subido a Instagram. Y, como ella, millones de personas la han visto, la están viendo en estos momentos o la verán—. ¿Esto qué quiere decir? ¿Que Andrés está muerto? ¿Lo ha matado?

—A ver, le ha dado un buen golpe, eso está claro. Lo que no entiendo es por qué no le han robado el móvil. Podrían haber eliminado el contenido que Andrés ha subido.

—Debieron de asustarse. Se intuye a Astrid corriendo —indica Daniel—. A no ser que no tuvieran ni idea, que Andrés llevara el móvil escondido. Es lo que parece, ¿no? Debajo del objetivo de la cámara del móvil se ve más oscuro, como si lo tuviera metido dentro del bolsillo...

—Bien visto —comenta Begoña.

—Joder —farfulla Vega—. ¿Las autoridades tailandesas no han contestado? ¿A qué esperan? Están obstaculizando nuestro trabajo.

No sabes cuánto, inspectora…

—Con todo este revuelo, deben de estar al caer. Solo espero que Astrid y Hugo no estén ya a doce mil metros de altitud y la orden de busca y captura llegue a tiempo a todos los aeropuertos. Pero no solo tenemos estas *stories* tan… tan impensables. Andrés, y ahora no nos cabe la menor duda de que es él, porque seguro que habéis reconocido su voz, también ha publicado un vídeo que dura cuarenta y cinco minutos. Deduzco que a través de una cámara espía ha grabado a Hugo y a Astrid en una habitación bastante amplia y tropical. En la cama se puede ver el cadáver desnudo de una chica a la que no se le ve bien el cuello, pero me juego el mío a que le han aplastado la tráquea como a las víctimas del Asesino del Guante. El vídeo es muy fuerte y está dando la vuelta al mundo. El caso se nos ha ido de las manos. Mientras los fans más fans de los *influencers* dicen que todo es un teatrillo, que no puede ser verdad, la mayoría creen que Andrés no se ha despertado de ese golpe y por eso no ha dado más señales de vida en Instagram. En ese vídeo, Astrid lleva la voz cantante. Culpa a Hugo, aunque lo hace con mucha delicadeza y calma… le dice que está enfermo, que mató a todas las chicas de Madrid, mientras él no recuerda nada, pero su cara, la manera que tiene Astrid de manipularlo… Juzgadlo vosotros mismos.

Cae la noche en la isla Koh Phangan, concretamente en Thong Sala, cuando Astrid, con una calma que hiela, recorre la playa privada, un oasis en calma tenuemente iluminado por millones de estrellas, para asegurarse de que la hilera de cabañas están a oscuras. No parece haber nadie, algo que la tranquiliza en el acto, porque está deseando quitarse de encima a la muerta. Con la linterna alumbra la zona de las rocas, donde atisba una lancha motora en la que hay un viejo dormido con los pies colgando. Se asegura de que no implique ningún peligro y regresa a la cabaña 12, donde Hugo la espera.

—Todo despejado. Es el momento, Hugo.

—No puedo —tiembla él.

—¡Pero sí pudiste matarla! —le grita Astrid por primera vez en horas. Es, entre otras muchas cosas, por el mono de no poder usar su móvil, que ha decidido apagar por precaución, por lo que ni Hugo ni ella están al corriente del vídeo de él masturbándose ni de nada de lo que han empezado a decir sobre ellos. Ni siquiera sospechan que hay cámaras por todas partes y unos ojos a tres cabañas de distancia grabando todas sus palabras y todas sus acciones para que, dentro de poco, también lo sepa todo el mundo—. Mírala. Mira cómo le has dejado el cuello.

—No. No. No...

Hugo no quiere mirar. No puede seguir mirando. Está convencido de que Malai se le presentará en sueños. Será, a partir de ahora, su pesadilla recurrente como durante años lo fue su madre, echándole en cara su muerte.

—¡Que la mires! —le vuelve a gritar, colocándose detrás de él, agarrándolo con violencia del cuello y, pese a lo grande que es Hugo, parece mentira que Astrid lo amedrente hasta el punto de obligarlo a acercar su cara a la del cadáver. Por un momento, a Hugo le parece estar viendo la cara de su madre, no la de Malai, y los recuerdos se agolpan y duelen... joder si duelen.

—¡Vale! Vale, vale, suéltame, Astrid... Suéltame, por favor...

—No llores, Hugo. Ni se te ocurra lloriquear, la debilidad da asco. Venga, yo la agarro por los pies —decide Astrid, como si fuera algo que hiciera a diario. Cuánta sangre fría. Cuánta maldad. Y, dicho y hecho, Astrid tira con tanta fuerza, que el cadáver de Malai cae al suelo y rebota provocando un gran estruendo.

—La cabeza, cuidado...

Astrid, en silencio y dando la sensación de que se ha convertido en una estatua porque apenas se mueve, levanta la mirada hacia Hugo y se echa a reír sarcástica, hiriente.

—¿En serio, Hugo? ¿La cabeza? Cuidado, le vas a provocar una conmoción cerebral... —se burla—. ¡¿Pero no ves que está muerta?! ¡Que ya no le duele nada! Que la has matado, Hugo, la has matado... —espeta, como si hiciera falta, como si Hugo no se sintiera lo suficientemente mal por lo que ni siquiera recuerda haber hecho.

Hugo empieza a darse cuenta de que Astrid no le

ha contado toda la verdad. Pero las prisas, su manera brusca de hablarle y el rechazo hacia él que intuye en su mirada ida, de loca, hace que no le dé tiempo ni a pensar en la posibilidad de que, a lo mejor, todo lo que le ha contado como si fuera una encantadora de serpientes, es mentira. Hugo, por fin, se está empezando a plantear que no ha sido él quien ha acabado con la vida de Malai. Que, mientras él se estaba duchando, ha pasado algo en el interior de la habitación que solo sabe Astrid.

—¡Venga, ayúdame, Hugo, joder, que pesa más de lo que parece! ¿De dónde te crees que viene la expresión *pesa más que un muerto*? He dejado las figuras en la orilla y también las cuerdas.

—¿De dónde has sacado las cuerdas?

«Qué bien planeado lo tiene todo», sigue recelando Hugo, sintiéndose como uno de esos personajes (el fracasado, el inocente, el bobo) que se enfrentan a las tramas retorcidas que le escribe Manu para, al cabo de unos meses, ser él quien se lleve el mérito como si fuera el que se ha devanado los sesos para sacar las historias adelante. Hugo es un fraude. Si es que se merece todo lo malo que le pase.

—¿No has visto que ya no hay lámparas en el cuarto de baño? Las he descolgado y me he llevado las cuerdas. Son de plástico, aguantarán —contesta Astrid, resuelta, arrastrando sola el cuerpo de Malai hasta el porche, donde una repentina brisa marina le revuelve el pelo—. ¿Vas a quedarte ahí mirando toda la noche? ¡Vamos, ayúdame, joder!

Astrid suelta los pies de Malai, compone una mueca de asco. Para ella, el cuerpo sin vida de la tailandesa parece menos importante que un saco de patatas.

—¿Sabes qué? Hazlo tú, y rápido, yo ya estoy cansada. ¿De qué te sirve machacarte tanto en el gimnasio si luego no puedes arrastrar un cadáver unos metros de nada?

Hugo no rechista. Considera que lo mejor es seguirle el juego. Si ha pasado lo que empieza a pensar que ha pasado, Astrid no está en sus cabales y es capaz de hacer cualquier cosa. Evita mirarla, no quiere que vea cuánto empieza a temerla. En cuanto llegue a Madrid, decide, irá a comisaría. Hablará con la policía, lo contará todo. Confesará que ha estado con esas chicas, que le escribieron por Instagram y que él, un enfermo, un obseso vicioso, un adicto al sexo con estrangulamiento incluido pero controlado, quedó con ellas. Y, aunque recuerde difusamente el *después* debido a que padece unas lagunas mentales que no comprende y que ningún especialista le ha dado la importancia que merece, está convencido de que no las mató. No, él no fue; es un capullo, pero no es un asesino. Astrid no solo se encargó de hacer desaparecer sus huellas con lejía, llevándose la ropa de cama, como le ha dicho con una calma que dista mucho de cómo lo trata normalmente, ella las mató. Esas chicas seguían con vida cuando él salió de sus apartamentos. Ahora lo ve claro. Ve a las muertas, las ve con medio cuerpo apoyado en el marco de sus respectivas puertas. Visualiza sus sonrisas, las mejillas encendidas, los labios hinchados, irritados por el roce de su barba, los ojos brillantes, somnolientos. Y entonces, Hugo vuelve al pasado, al descansillo de esas fincas señoriales y desconocidas, y las voces suaves y dulces de las chicas muertas se entremezclan.

Parecen reales.

¿Lo fueron?

—Vuelve cuando quieras —le dijo Valeria.

—Me ha encantado —fue lo último que le dijo Susana con timidez.

—Ha sido increíble, pensé que no me gustaría, al principio ha sido... raro, pero... mmmm... —Magda, provocadora, se mordió el labio segundos antes de que él entrara en el ascensor. Es la última imagen que se le quedó grabada de ella, aunque, como tantas otras, parecía no haber espacio en su mente para retenerla.

Y Lucía... Lucía, todavía con las marcas de sus dedos en el cuello, fue la única que reconoció que...:

—Si volvemos a quedar, no permitiré que me hagas eso. Pensaba que me moría... ha sido excitante, peligroso, pero... no sé, prefiero otras cosas. Sexo normal.

Hugo asintió, como si estuviera conforme, pero la voz que habita en su cabeza le susurró: «No gastes saliva, guapa. No volveremos a vernos».

Malai...

Malai, que seguía viva cuando él la ha ignorado encerrándose en el cuarto de baño, no ha dicho nada. Se ha tragado su semen, parecía estar a punto de llorar...

Reconoce que se ha pasado, que ha sido humillante para ella, que la vida real no es una peli porno, que hay que tener tacto, anteponer los sentimientos a las fantasías incómodas, y después... Hugo se esfuerza en recordar, lo está intentando, pero es difícil. Siente tanta angustia por dentro, lo que está haciendo ahora mismo le parece tan irreal y surrealista, que es incapaz de visualizar el cadáver que ahora arrastra por la arena cuando aún cobijaba un alma en su interior.

Esto es una pesadilla.

No puede estar pasando.

No...

... en esto piensa el *influencer* para tener la mente ocupada y olvidar, sí, olvidar. Ojalá olvidara también este instante. Las lagunas mentales, aunque confusas, en ocasiones son una bendición.

Han recorrido los cincuenta metros que separan la cabaña 12 de la orilla. Sigue sin haber ni un alma salvo el viejo que, a lo lejos, duerme en su lancha. Bajo la supervisión de Astrid, Hugo hunde los pies descalzos en la arena y deja con delicadeza el cuerpo de Malai al lado de las figuras y las cuerdas que la hundirán en las profundidades de un mar en calma que ahora se ve negro como una mancha de petróleo.

Hace rato que Andrés los está grabando. Le ha llevado casi media hora subir al perfil de Instagram todo lo que ha ocurrido en el interior de la cabaña 12. A los *influencers* se les ve y se les escucha con claridad, mientras el cuerpo de Malai aparece inerte en un segundo plano. De momento, ha subido ocho *stories*, ocho minutos en total, en las que se ve a Hugo arrastrando el cadáver por la playa y a Astrid seguirle los pasos e intuyéndose perfectamente que es la que manda. Le quedarán por subir solo dos *stories* más, pero eso Andrés aún no lo sabe. Esto de hacer *stories* para Instagram es casi como mostrar la vida en directo, apenas hay unos segundos de diferencia entre que pasa y se muestra. Un *Gran Hermano* que a los *influencers* les ha hecho ganar una fortuna durante años y que ahora les va a costar la libertad. Porque Hugo, pese a quedarle claro a Andrés que no es un asesino, está encubriendo un asesinato. Y, por si aún quedara alguna duda, Andrés, sin importarle que lo identifiquen, porque los de arriba ya se están encargando de protegerlo, va relatando los hechos:

—Esa es la chica con la que Hugo ha estado hace unas horas a espaldas de Astrid. Le ha hecho lo mismo que a Valeria... —A Andrés se le quiebra la voz al nombrar a su hija—... a Susana, a Magda y a Lucía. Se llamaba Malai. Yo la contraté para destapar al Asesino del Guante, pero fijaos bien... el Asesino del Guante no es quien yo creía.

Andrés, asegurándose de que el objetivo enfoca en la dirección que le interesa, oculta el móvil no en el bolsillo delantero de la camisa hawaiana que no se ha quitado en dos días como creerá el inspector Haro en un par de horas, sino en el bolsillo de sus bermudas. Desde ahí puede controlar con facilidad el círculo blanco que le permite grabar para, a los pocos segundos, hacerlo público al darle a la barra «Tu historia», cuya posición en el margen izquierdo inferior ha retenido en su memoria, así como los tiempos entre grabar, publicar, y volver a grabar.

Andrés graba. No quiere que nadie se pierda ni un solo segundo de lo que va a pasar a continuación.

Se detiene en el porche, desde donde Astrid y Hugo son dos sombras agachadas frente a un cuerpo salvaguardadas por la oscuridad. Da un paso adelante, otro más... la luna llena alumbra un trozo de playa y ayuda a Andrés en su propósito, que no es otro que el de distinguir en esas sombras los rostros de Astrid y Hugo. La pareja está tan entretenida anudando unas cuerdas de plástico a las mismas figuras que él tiene en la entrada de su cabaña, que no se percatan de su presencia cada vez más próxima. Las figuritas son pesadas, Andrés lo sabe. Una tiene forma de elefante, la otra de coco, la más extravagante es la jirafa y, por último, la del caimán. Astrid es la que, concienzudamente, se asegura de que queden bien sujetas a las muñecas y a los tobillos de Malai. Ahora el cadáver pesa el triple que antes, por el rigor mortis y por todas esas figuras de bronce que van a hacer desaparecer a Malai en las profundidades. Es demasiado esfuerzo, así que Astrid le pide ayuda a Hugo, que deja atrás el aturdimiento y se muestra solícito. Hugo agarra el tobillo derecho, Astrid el izquierdo, y siguen con la ardua tarea de arrastrar el cuerpo.

Ahora el mar cubre por completo a Malai, que empieza a desaparecer de un mundo que desde que nació la ha tratado mal, y los *influencers*, con el agua hasta las rodillas, respiran más tranquilos hasta que la voz grave de un hombre llena el silencio y se entremezcla con el rumor del leve oleaje:

—Astrid Rubio, eres la Asesina del Guante —declara Andrés, elevando la voz para que llegue con nitidez a los millones de espectadores que visualizarán cientos de veces la escena a través de la *story*. Sigue acercándose a la pareja pese a intuir el peligro al percatarse de la rabia que invade el perfecto rostro de la famosa *influencer*. Los destellos de la luna la alumbran como si fuera un foco centrado únicamente en ella, mientras Hugo se ha quedado bloqueado, quieto como una estatua—. Llegué a pensar que eras tú, Hugo —añade Andrés, con la mano enterrada en el bolsillo. Clic a «Tu historia». En nada una nueva *story* se añade a la lista. Clic al círculo blanco, tiene un minuto más—. Pero tú, Astrid, mataste a Valeria, a Susana, a Magda, a Lucía, y ahora... ahora a Malai. Él se acostó con ellas. Tú llegabas después y les arrebatabas la vida. Me pregunto cómo conseguías que te abrieran la puerta. Cómo te colabas en sus casas dispuesta a matarlas. ¿Se defendieron? ¿Tuvieron alguna opción de salvarse? Valeria... ¿Valeria luchó por su vida? Las agarrabas del cuello. Las asfixiabas, las destrozabas hasta que la vida las abandonaba. Y luego... ¡¿luego qué,

Astrid?! ¿Las tumbabas en la cama y las desnudabas? Las rociabas de lejía, les abrasabas la piel, esa era tu manera de borrar las huellas, y te llevabas la ropa de cama. Y todo para engañar a la policía y hacerle creer a este pobre desgraciado endeble que su maldito juego sexual se le había ido de las manos.

En treinta segundos, que es lo que va a tardar en finalizar la última *story*, a Astrid le da tiempo a desanudar la figura del caimán del tobillo izquierdo de Malai y, con la fiereza de quien cree que ya no tiene nada que perder, sale del agua corriendo como una flecha en dirección a Andrés.

—¡Astrid, no! —le grita Hugo, todavía dentro del agua con la mano alrededor del tobillo derecho de Malai—. ¿Qué haces? ¡Para, joder, para!

Astrid no atiende a la petición desesperada de Hugo, está fuera de control, su interior es un incendio propagándose a toda velocidad. Su rostro angelical está lleno de odio, parece que un demonio se le haya metido dentro, pero no, no es algo tan siniestro... es que ella es así, un monstruo. No tiene inconveniente alguno en destruir lo que le bloquea el camino, aunque se trate de otro ser humano.

—¿Quién cojones eres tú? —pregunta Astrid con violencia en cuanto se planta frente a Andrés.

Antes de que él pueda contestar: «Soy el padre de Valeria, la primera chica a la que mataste. ¿O no fue la primera?», Astrid levanta la pesada figura de bronce y la estampa contra su cabeza. No se percata de que hay un móvil grabándola y que dentro de unos segundos pasará de ser la *influencer* más admirada a una villana despreciable. Andrés se desploma al instante. Pero antes de sumirse en la oscuridad, hace acopio de las pocas fuerzas que le quedan, mete la mano en el bolsillo, y hace clic a «Tu historia». A continuación, el padre de Valeria cierra los ojos con la tranquilidad de quien se ha anticipado a los planes de los *influencers*. Si todo va como él espera, no van a llegar con vida a Madrid.

CAPÍTULO 20

En comisaría, a Vega se la llevan los demonios. No puede hacer otra cosa que esperar, y lo hace evitando a Daniel, que sigue preocupado. Porque si Vega le cuenta al comisario Gallardo que ha sido él quien ha filtrado detalles a la prensa sobre los crímenes del Asesino del Guante, está acabado. Pero ni Gallardo ha aparecido por comisaría ni a Vega nada de eso le importa ya. En cuestión de horas, todo ha dado un vuelco inesperado y tiene demasiadas cosas de las que encargarse: las autoridades tailandesas están ignorando su aviso como si fueran vendedores de enciclopedias, y todavía no ha llegado la orden de busca y captura contra Astrid Rubio para poder tener un control en los aeropuertos españoles donde van a aterrizar vuelos procedentes de Tailandia en las próximas horas, especialmente en el aeropuerto de Madrid. El tiempo corre a toda velocidad y en su contra. A la inspectora le parecería increíble que el juez no le diera la orden después de las pruebas presentadas y todo el material que Andrés ha subido a Instagram, donde se ve a una Astrid demonizada golpeándolo con un objeto contundente después de haber arrastrado, con ayuda de Hugo, el cadáver de una mujer hasta el mar.

A estas horas, Astrid y Hugo podrían estar en cualquier parte, incluso aterrizando en Madrid sin que puedan hacer nada para detenerlos.

Naree, una azafata de vuelo ambiciosa capaz de hacer cualquier cosa por llevar la vida de lujo que cree que merece, ha cumplido con su cometido sin que la devore el remordimiento. A fin de cuentas, esta noche se irá a dormir sin más problemas económicos, y es que dicen que el dinero no da la felicidad, pero de cuántos problemas es capaz de sacarte.

Cuando han aterrizado en Madrid y después de interpretar el mejor papel de su vida al ver a la pareja muerta en los últimos asientos de la cabina de primera clase gracias al veneno rápido y mortífero que les has servido en sus copas de champán, Naree deja atrás la pantomima, su rostro muta de la confusión y el susto al más puro triunfo, y se retira con disimulo. Los servicios de emergencia ya han llegado, pululan alrededor de los cadáveres de Astrid y Hugo, así es como Andrés le dijo que se llamaban.

Naree, cuidadosa, mira a su alrededor para asegurarse de que no hay nadie, selecciona un número de la agenda y se lleva el móvil a la oreja. Al otro lado, alguien contesta con un seco:

—Si.

—El trabajo ya está hecho.

Veinticuatro horas antes

—¡¿Qué has hecho?! —le grita Hugo a Astrid, todavía sumergido en el agua, cuando se percata de que el hombre que se les ha encarado no se mueve.

¿Está muerto?

¿Lo obligará Astrid, a quien ese hombre ha acusado con seguridad de ser la persona que se esconde tras el apodo del Asesino del Guante, a sumergirlo también? ¿Con qué cuerdas, con qué figuras pesadas de bronce, si ya han arramblado con todo lo que había en la cabaña que les pudiera ser de utilidad?

—¡Hunde el cuerpo! ¡Húndelo ya! —le ordena Astrid, corriendo hacia el interior de la cabaña 12 y saliendo a los pocos minutos con una bolsa de deporte en cuyo interior llevan todo lo que necesitan: ropa, pasaportes, documentación, tarjetas, dinero en efectivo...

Esquiva al hombre que los ha increpado como quien esquiva un objeto que no debería estar ahí. Astrid se niega a mirarlo. No quiere saber si está muerto o le queda un hilo de vida, lo que tiene claro es que no se quedará a esperar a ver qué pasa.

Pasados unos minutos, Astrid avanza a trompicones por la arena, levanta la cabeza y dirige la mirada en dirección al mar. Ni rastro de Hugo, y eso le provoca un vuelco, pero se niega a gritar su nombre, no quiere llamar la atención. Al final de la playa, junto a las rocas, Astrid repara en que la lancha motora sigue estacionada con el hombre dormido. Es, para ella, el milagro que la va a sacar una vez más del lío en el que se ha metido, mientras espera a que Hugo, esté donde esté, porque ni siquiera es una miniatura en la línea difusa que separa el mar del cielo nocturno, regrese junto a ella.

Pero los fantasmas, Astrid... sí, los fantasmas que vamos dejando por el camino no se van así como así, ¿verdad? Nos acompañan allá donde vayamos, tienen ese poder. La *influencer* no sabe lo que es la pena. Como todo psicópata que se precie, nunca ha sentido empatía por nadie. Su egoísmo y su maldad la han llevado a cometer todos esos crímenes de los que la ha acusado el viejo al que ha derribado sin esfuerzo, pero ni la noche tropical de la isla es capaz de sacarle este frío que siente muy dentro. ¿Cómo ha sabido ese hombre que ella es el Asesino del Guante? Visualiza las caras de las chicas. Las recuerda mejor que Hugo, cuyas fugas sabía que jugarían a su favor, cuando le ha hecho creer que había sido él quien las había matado. A los pocos minutos de que Hugo se fuera, Astrid se colaba en los portales. Detrás de un repartidor, de un cartero, de una empleada, de un vecino o vecina... Aun yendo desgreñada, con sudadera con capucha en pleno mes de julio y una peluca negra que parecía una melena sucia, la dejaban entrar. A nadie le inspiró desconfianza. Las chicas, todavía ligeras de ropa, la vieron por la mirilla y le abrieron la puerta dispuestas a decirle que se había equivocado de piso, pero Astrid era rápida, siempre era más rápida, se colaba en el interior y...

... lucharon. Todas lucharon, Valeria la que más, le contestaría a ese hombre que ha preguntado expresamente por ella.

—¿Quién eras tú? —le pregunta a la nada, los ojos suspendidos en el mar negro que ha engullido a Hugo.

Pero la ira siempre puede más, te otorga una fuerza implacable. Porque, a su modo de ver, ninguna de esas chicas tenía derecho a acostarse con Hugo, aunque buena parte de culpa también la tuviera él. Hugo es suyo, les dijo a todas, que, al reconocerla como la famosa Astrid Rubio, la miraron como si estuviera loca. Hugo es de su propiedad, les dejaba claro. Y siempre será así. Jamás, pase lo que pase y sea quien sea la mujer que se interponga entre ellos, se lo arrebatarán. Serán, para siempre, la pareja perfecta.

Y en esto está pensando Astrid cuando el alivio se abre paso en su interior al vislumbrar a Hugo. Sale del agua con el rostro desencajado y Astrid, que se aproxima a la orilla para tenderle una camiseta y unos tejanos secos, se percata de que se ha detenido a vomitar. Empieza a impacientarse, hace aspavientos con las manos para que espabile.

«Sal ya. Sal ya, joder».

En nada, los huéspedes empezarán a llegar a sus cabañas, y si ellos siguen ahí con el viejo muerto…

Hugo, como si hubiera escuchado sus súplicas silenciosas, sale del agua. Coge la ropa que Astrid le entrega, se desviste automáticamente, parece un robot. Al acabar y sin que Astrid tenga la necesidad de decir nada, Hugo la sigue. Setenta metros en línea recta en dirección a una lancha motora con un tipo dormido dentro.

—¿Qué tienes pensado? —pregunta Hugo con el corazón desbocado. La imagen de Malai hundiéndose en las profundidades, lo más lejos que ha sido capaz de llevarla, lo perseguirá de por vida.

—Ese hombre nos llevará a Koh Samui, al aeropuerto. No tenemos tiempo de esperar al ferry de la mañana.

—Has matado a ese hombre, Astrid… Has… joder…

—Shhhh.

—Fuiste tú. Mataste a las chicas —se atreve a encarársele Hugo—. ¿Por qué me has acusado a mí? Me has engañado. Te has aprovechado de mi problema, de las lagunas que…

—Ahora no es el momento, Hugo —lo interrumpe con brusquedad, los nervios a flor de piel, confirmando las sospechas de Hugo—. Eres tan culpable como yo. Recuerda que todo lo he hecho por nosotros, para seguir llevando esa vida de ensueño de la que luego tanto te gusta presumir. Así que, si quieres librarte de esta, déjame a mí.

No hables. No pienses, que lo de no usar las neuronas siempre se te ha dado genial. Lo peor que podría pasarnos es que la policía tailandesa nos arreste, y esos no se andan con chiquitas, este paraíso es el puto infierno si acabas en sus manos.

Cuando llegan a la lancha, Astrid no tiene ningún inconveniente en zarandear al hombre dormido con una gorra cubriéndole la cara, despertándolo de sopetón. Se le cae la gorra, los mira desubicado, y es Astrid quien empieza a hablar en inglés:

—Necesitamos que nos lleves hasta Koh Samui.

Los inconvenientes de las islas. Todo parece estar lejos, inalcanzable, aunque, cuando terminen de cruzar la isla, el aeropuerto les quedará a solo dos manzanas de distancia, como diríamos en una ciudad.

—¿Koh Samui? Ok. Ok. *Yo llevar por...* —Empieza a hacer gestos con las manos. Un dos... tres ceros...

—¿Dos mil bahts? —simplifica Astrid, sacando el monedero del bolso. Son poco más de cincuenta euros, una ganga para ellos, que tienen que huir de aquí, y una fortuna para el hombre, que de saber las circunstancias de la pareja, habría pedido una compensación económica más elevada.

En cuanto Astrid le paga los dos mil bahts, el hombre, feliz por la arriesgada idea que ha tenido de colarse en la playa privada del resort, pone en marcha la lancha. Mientras Hugo sigue apesadumbrado, cansado, triste y temeroso, Astrid sonríe para sus adentros, porque el destino, haga lo que haga, siempre está de su parte. No puede haber alguien con más suerte que ella. Seguidamente, el hombre de la lancha les indica con un gesto apresurado que suban y se agarren fuerte. Y entonces, las cabañas de Angkana Bungalows se convierten en miniaturas hasta que terminan desvaneciéndose ante sus ojos en menos de dos minutos.

CAPÍTULO 21

También es mala suerte que las muertes de Astrid Rubio y Hugo Sanz hayan trascendido fuera del avión detenido en la pista y que Marcial Olmos, un periodista en paro con ínfulas de querer destacar por encima del resto, haya estado con el oído avizor. En menos de cinco minutos, Olmos decide arriesgarse porque el asunto es demasiado jugoso. Así que, olvidando que del último periódico en el que trabajó lo despidieron precisamente por no contrastar información, que en el mundillo es algo así como lanzarse al vacío sin paracaídas, empieza a crear un hilo en X sobre lo que está ocurriendo en estos momentos en el aeropuerto de Madrid:

#Exclusiva #EnDirecto #BombaInformativa
#IncreíblePeroCierto
Han aparecido dos cadáveres en
un avión procedente del aeropuerto Koh Samui.
Son los famosos *influencers* Astrid Rubio y Hugo Sanz,

que están en boca de todo el mundo por los crímenes del #AsesinoDelGuante que ha resultado ser #AsesinaDelGuante.

—Vega... Olvídate del juez, de la orden de busca y captura, de la policía tailandesa... —irrumpe Begoña en el cubículo de Vega, hasta los topes de informes, fotografías de las víctimas de Astrid desplegadas, y varios vasos de cartón—. Se acabó.

—¿Qué dices? ¿Por qué, qué pasa? —se alarma Vega, mirando a Begoña con ojos somnolientos. Tantas horas sin dormir a la espera de autorizaciones que tanto urgen y no llegan, desespera y cansa... cansa la ineptitud y la calma de ciertos cargos, la excusa de siempre: faltan recursos. Vega, frustrada y cansada, le ha dicho a Daniel que se vaya a descansar a casa (a casa de su hermano o de quien sea). Una excusa como cualquier otra. La realidad es que no soportaba tenerlo cerca ni un minuto más. Todavía está cabreada con él.

—Astrid y Hugo están muertos —contesta Begoña. Vega no puede ocultar la sorpresa, se le abren los ojos de golpe—. Los ha encontrado una azafata minutos después de aterrizar en Madrid. Era un vuelo directo desde el aeropuerto Koh Samui. Vamos, nos están esperando. Conduzco yo.

220

Veintidós horas antes

—Joder, pensaba que acabaríamos en el fondo del mar —rechista Hugo, casi sin aliento, cuando entran en el aeropuerto Koh Samui. El viaje en lancha ha sido una tortura, la seguridad ha brillado por su ausencia. Las «dos manzanas» que han recorrido a paso rápido hasta cruzar las puertas del aeropuerto le han parecido a Hugo grises, desérticas, daban más miedo que el pasillo del hotel de *El Resplandor*. Y ahora tiene la mala sensación de que los vigilantes de seguridad los miran con desconfianza—. Astrid, nos miran raro, a ver si...

—Es medianoche, esa lancha del demonio nos ha dejado la ropa hecha un cristo, el pelo mojado, las ojeras que tenemos... claro que nos miran raro. Tú actúa con normalidad. Nada de viseras ni gafas de sol, eso solo hace que se fijen más en ti, y evita siempre las cámaras de seguridad. Gira o agacha la cabeza cada vez que veas una.

«¿Eso es lo que hacías? ¿Actuar *con normalidad* después de estrangular a esas chicas? ¿Esquivar las cámaras de seguridad con las que te cruzabas por la calle? Debería ir a denunciarte ahora mismo», maldice Hugo. Pero necesita la seguridad y la planificación de Astrid para escapar de Tailandia y, si acaso eso es posible, recuperar su vida. Así que Hugo, obediente, baja la mirada y sigue los pasos de Astrid hasta el primer mostrador que encuentran. Es ella quien, una vez más, lleva la voz cantante.

—Vuelo a Madrid —murmura la chica desde detrás del mostrador, comprobando la petición de Astrid en el ordenador. El aeropuerto Koh Samui es pequeño, por lo que la *influencer* no tiene muchas esperanzas de que haya ningún vuelo a Madrid durante las próximas horas, así que ya está pensando en otros destinos: París, Roma, quizá Londres...—. En una hora sale un vuelo a Madrid.

—«¡Aleluya!», exclama Astrid internamente, conteniendo las ganas de entrar en el mostrador y abrazar a la chica—. Vuelo directo a Madrid, sin escalas... Pero solo quedan dos billetes en primera clase y son tres mil quinientos dólares cada uno —añade con gesto apurado.

«Como si son diez mil».

—Nos los quedamos.

Para Astrid, el dinero no es ningún problema, es otro milagro, otra prueba de que el destino está de su parte, de que lo que hace no es tan malo y tiene sentido, de que alguien ahí arriba la está ayudando.

Deja sobre el mostrador los dos pasaportes luciendo la mejor de sus sonrisas, y le entrega la tarjeta de crédito.

Llevan lo justo y necesario en el bolso de Astrid y en una sola maleta, por lo que no necesitan facturar. Y es que Astrid odia tener que facturar equipaje. Además de que tratan fatal las maletas, lanzándolas sin cuidado en las cintas o incluso mozos descargando su rabia contra ellas, que lo ha visto en más de un vídeo que circula en redes, es una pérdida de tiempo. Y tiempo es lo que ahora no tienen.

Cuando cruzan el control de seguridad, a Hugo le entran unos sudores fríos difíciles de disimular. Su tez, normalmente bronceada, ha mutado a un preocupante blanco nuclear y por dentro se siente tan mal como refleja su exterior. Astrid tiene que darle varios codazos para que siga las indicaciones sin dar muestras de sus nervios, del temblor que se ha apoderado de sus piernas y que es incapaz de controlar.

—Hugo, joder, embarcamos en media hora. Ya está. Ya pasó. Veinte horitas de vuelo, podremos dormir, descansar... Estamos a salvo, deja de darle vueltas al coco.

—¿Y si nos esperan en Madrid? —se teme Hugo—. Y si, de alguna manera, han descubierto lo de Malai, lo que le has hecho a ese hombre, lo de las chicas...

Astrid lo mira como si fuera capaz de estrangularlo a él también. Sin miramientos. Sin dudas. Sin saber lo que es la compasión.

—No saben nada.

Ay, Astrid, qué equivocada estás... Si encendieras el móvil o te diera por mirar el de Hugo, que crees que está apagado pero en realidad está en silencio, no dirías lo mismo, y hasta a ti te devoraría el miedo.

—Pero si tanto te preocupa, te voy a enseñar un truquito de magia... —se le ocurre a Astrid, balanceando los pasaportes con los billetes de primera clase entre sus páginas, al tiempo que desvía la mirada hacia una pareja de mochileros que han pasado el control delante de ellos.

CAPÍTULO 22

Aturdido y con la sensación de que un taladro le está perforando el cerebro, Andrés abre los ojos lentamente, pestañeando en exceso. Una pareja francesa de mediana edad se agachan frente a él con semblante serio y preocupado. Al principio son solo dos sombras difusas que, poco a poco y mientras hablan entre ellos más que para Andrés, van cobrando forma humana.

—¡Ha despertado! —exclama la mujer en francés, idioma que Andrés domina a la perfección desde que tenía catorce años, pero debido a la confusión, no es capaz de entender lo que dice—. ¿Se encuentra bien?

—Será mejor que llamemos a una ambulancia, Audrey, se ha dado un buen golpe. Vamos a llamar a una ambulancia, señor, tranquilo, no se preocupe...

Andrés no está tranquilo. Tiene mucho que hacer, mucho de lo que preocuparse. Hace un amago de levantarse, pero un ligero mareo lo obliga a volver a sentarse, al menos durante un rato más, hasta que se le pase. La pareja francesa le dice que no se mueva, que...

—¡No llamen a nadie! —vocifera como un perro rabioso, llevándose la mano al bolsillo derecho de las bermudas y comprobando con alivio que ahí sigue su móvil y que las dos últimas *stories* que ha grabado y publicado a ciegas han sido vistas por más de dos millones de personas. Los *influencers* no se han dado cuenta de que los estaba grabando—. ¡Váyanse, estoy bien, váyanse!

Y claro, la pareja francesa se asusta, retrocede un par de pasos, se miran entre ellos, resoplan, blasfeman, para qué se preocupan, si fíjate cómo los ha tratado, como si le fueran a atracar, y se alejan de Andrés en dirección a su cabaña.

Andrés, sin moverse del sitio, fija la mirada en el mar, en cuyas profundidades ya debe de estar el cuerpo sin vida de Malai listo para descomponerse lentamente. Quizá, en unos días, las cuerdas se aflojen, las figuras de bronce liberarán sus extremidades, y el mar escupirá su cuerpo antes de que la devore la fauna que pulula por ahí.

Qué pena, ¿verdad, Andrés? Qué pena.

Hay personas que vienen a este mundo a sufrir y a desaparecer de forma injusta sin que nadie las recuerde. ¿O habrá alguien que eche de menos a Malai? Andrés, el culpable de la muerte de la preciosa bailarina tailandesa, no lo sabe. No se interesó en conocerla, no fue más que un trámite, él sabía que iba a morir. Pero ahora, la realidad le golpea en pleno plexo solar, ahí donde se concentra toda la pena que siente por la chica. Es humano. No es un monstruo como Astrid. A él lo mueve la venganza, el asesinato de su hija. A él, como a todos, le duele lo suyo. Lo que pudo ser y no fue por causas injustificables. Malai no era mucho mayor que Valeria, y lo peor no es el momento, se lamenta Andrés, lo peor es el después, pensar en llamarla y caer en la cuenta de que ya no hay nadie al otro lado.

Inspira hondo, no reprime el llanto que lo asalta.

Cuando se desahoga y se calma un poco, busca un contacto en la agenda. Sabe adónde han ido los *influencers*. Al único lugar que les permitirá escapar de la isla y librarse del infierno en el que hasta el mismísimo paraíso puede convertirse. Él también reparó en la lancha motora, seguramente ilegal, en la que había un tipo durmiendo con aspecto de vivir en la calle. Y ahora la lancha no está. Sin embargo, Andrés se siente desorientado. La cabeza, ahí donde le ha golpeado Astrid con todas sus fuerzas, le da vueltas y le duele horrores. No sabe si lleva dormido una hora, dos, o quizá cinco. ¿Qué hora es en Madrid? ¿Tendrá Astrid una orden de busca y captura? ¿Lo sabe ella? ¿Es consciente de que, gracias a él, el mundo sabe que es la Asesina del Guante, y ese mundo incluye a la policía?

No obstante, lo único que ahora le importa a Andrés es lo que él sabe. Porque no hay nada que te dé más poder que anticiparte a las acciones de los demás. Sabe que a la una de la madrugada sale un vuelo directo desde el aeropuerto Koh Samui con destino a Madrid. Él no llegará a subirse a ese avión, claro, no volverá a coincidir en un mismo vuelo con los *influencers*, pero tiene buenos contactos. Y recursos ilimitados. Se trata de Naree, una azafata de vuelo a la que conoce desde hace tiempo, de sus numerosos vuelos a Londres, Berlín, París, Roma… que haría lo que fuera por dinero. De hecho, se acostaron varias veces tras la muerte de la mujer de Andrés. Siempre en frías habitaciones de hotel. Siempre sin ataduras, solo sexo, la necesidad de sentir el calor de otro cuerpo después de tanto trabajo, tantos viajes, tanta soledad.

Hace un par de años, Naree cambió de aerolínea y de rutas. Pagaban mejor. Dejaron de verse, aunque siguieron en contacto, y la providencia quiso que Naree trabajara como azafata en el mismo vuelo que hace tres días llevó a Andrés y a los *influencers* a Tailandia. El encuentro le sorprendió más a Naree que a Andrés, que ya sabía que Madrid-Tailandia era una ruta frecuente de la azafata, se lo había dicho cientos de veces. Durante el vuelo, él estuvo tan pendiente de Astrid y Hugo que apenas le prestó atención a Naree. Incluso ignoró con una sonrisa cansada la propuesta de la azafata de follar en el lavabo, una fantasía que no ha podido cumplir en sus veinte años de carrera.

—Es lo que menos me apetece ahora, Naree… Mi hija está muerta.

La azafata se quedó en shock. Sabía lo importante que era Valeria para Andrés. Su hija era lo único que le quedaba, lo más importante de su vida, esa luz que todos buscamos cuando nos engulle la oscuridad.

Andrés se lo contó todo. Le dio cierta satisfacción que la azafata no conociera a los cotizados *influencers*, aunque se pasa media vida en aviones, aeropuertos y habitaciones de hotel, y es alérgica a las redes sociales.

«¿Lo ves, Astrid? No eres el ombligo del mundo. No todo el mundo sabe quién eres», pensó Andrés para sus adentros.

Lo único que a Andrés le interesaba era planear bien la jugada. Una jugada que el padre roto de Valeria tenía prevista *por si las cosas se tuercen demasiado y no hay vuelta atrás*. Cuando Astrid le ha golpeado con el caimán y antes de perder el conocimiento, Andrés ha pensado que no volvería a despertar para dar la orden. Pero esperaba, lo esperaba de verdad, que Naree viera los nombres en la lista de pasajeros y cumpliera con su deseo de matarlos, de hacer justicia. Por Valeria. Y que los matara a los dos, le daba igual que el único culpable fuera Hugo, aunque ahora sabe que fue Astrid, pero lo mismo da. Lo mismo da, porque, si Hugo no se hubiera fijado en Valeria, ella seguiría viva, así que también tiene buena parte de culpa. Afortunadamente, se ha despertado. Puede dar la orden. Asegurarse de que Naree va a acabar con ellos. Vivir para verlo. Lo cierto es que, sin dinero de por medio, no movería un solo dedo. Y ahora, con manos temblorosas y la visión un poco borrosa, busca el número de la azafata en la agenda y la llama. Nunca antes se había alegrado tanto de escuchar su voz.

—Naree.

—Embarco en veinte minutos, no puedo hablar, Andrés.

—Revisa la lista de pasajeros. Astrid Rubio y Hugo Sanz —le recuerda con la voz apagada.

—Mmmm… —Al cabo de un rato, Naree confirma las sospechas de Andrés, tan afiladas como las negociaciones que lo llevaron a lo más alto en el mundo de las finanzas—: Sí, están en la lista. Viajan en primera clase.

—¿Tienes lo que te di?

—Ajá… —asiente Naree en un murmullo. De fondo, Andrés alcanza a oír el bullicio de la gente, sabe que la azafata no puede rascar más minutos de su tiempo para dedicárselos a él, así que, tajante y rápido, ordena:

—Los quiero muertos. Me da igual cómo lo hagas. En botellas de agua, de gaseosa, en champán… Lo que te pidan. ¿Recuerdas sus caras?

—Vagamente. Ella era rubia… y él…

—Bien. Encárgate de ser tú quien les sirva y vierte el cianuro en sus bebidas. No te cortes, échalo todo, una buena dosis en ambas bebidas que los mate en cuestión de minutos. Cuando aterricéis en Madrid, quiero que esos dos no bajen del avión, que también seas tú quien se encargue de las cabinas, los encuentres sin vida y…

—Sé lo que tengo que hacer. —La azafata odia que le den órdenes—. Pero esto te va a salir muy caro, Andrés.

—Pide lo que quieras.

—Pero, si tanto te preocupa, te voy a enseñar un truquito de magia...

Astrid se acerca con decisión y simpatía a raudales a la pareja de mochileros que, al darse la vuelta, la miran con incertidumbre. Parecen estar pensando: «¿Qué quiere esta?».

No han conocido a los *influencers* en su mejor noche, eso está claro.

Hugo repara en lo mismo que Astrid, en ese «truquito de magia» que puede librarlos de una buena. La pareja a la que Astrid ha asaltado no son dobles de ellos, ni mucho menos. Si los miras de cerca, hay diferencias, pero de lejos podrían causar cierta confusión. Casi misma constitución, ella es rubia, y él está fuerte y lleva un corte de pelo similar al de Hugo, que, impaciente, mira como por inercia la hora en su reloj de oro, ese del que tan orgulloso se siente pero no sabe que lo ha delatado. Compone un gesto de fastidio al percatarse de que el cotizado reloj de pulsera no funciona. Sin darse cuenta, se ha sumergido en el mar con el reloj al hundir el cadáver de Malai, que regresa a su memoria acrecentando su nerviosismo.

—¿Sois alemanes? —inicia la conversación Astrid en inglés. La pareja asiente con la cabeza, al tiempo que Astrid les enseña los billetes de primera clase y los balancea con coquetería—. ¿Viajáis a Madrid en el vuelo que sale a la una? —Vuelven a asentir desconfiados, y con razón. Nadie debería confiar en una persona que se muestra tan simpática y extrovertida de buenas a primeras y sin conocerte de nada, ofreciéndote gratis y sin condiciones un intercambio más valioso de lo que ya tienes—. En clase turista, imagino… —añade, guiñándoles un ojo.

—¿Qué quieres? —pregunta el chico, directo y algo borde, mirando alternativamente a Astrid y a Hugo, que no sabe dónde meterse.

—Intercambiar los billetes. Vosotros viajaréis con todas las comodidades en primera clase, y nosotros en turista. También deberíamos intercambiarnos los pasaportes, por si acaso, solo hasta que aterricemos en Madrid.

—¿Para qué vas a querer cambiar billetes de primera clase por clase turista? —inquiere de nuevo el chico, frunciendo el ceño, pero su novia le da un codazo, sonríe a Astrid con timidez y murmura:

—Nunca hemos viajado en primera clase… A mí me gustaría.

—Lo sé, pero es raro…

Astrid espera el «sí» del chico con la misma sonrisa impuesta con la que los ha saludado. Prefiere no insistir. No tardará en decidirse y en darle una respuesta positiva, lo sabe porque la novia lo mira con ojitos de cordero degollado. Astrid pierde la cuenta de las veces que ella misma ha puesto esa carita de ilusión, esos pucheritos infantiles para conseguir lo que quería al momento. Es una táctica infalible. La chica, con la inocencia de quien no piensa que el mundo está lleno de personas con malas intenciones, está deseando intercambiar los billetes. Es el empujoncito que le falta al alemán, que sigue inquieto. Se huele algo raro. ¿Pero qué podría salir mal? Si esta pareja también ha pasado el control de seguridad, es porque los billetes son reales, no se la van a colar, así que, finalmente, le dedica una sonrisa complaciente a la novia, se lleva la mano al bolsillo de sus tejanos, saca los dos billetes de clase turista del mismo vuelo en el que embarcarán en veinte minutos, y sus pasaportes.

—Okey. Supongo que... gracias —acepta al fin, encogiéndose de hombros e intercambiando los billetes y los pasaportes con Astrid. La novia por poco no empieza a dar saltitos de alegría—. ¿Y cómo haremos cuando lleguemos a Madrid para intercambiar los pasaportes?

—Nos esperamos en la salida, no hay problema —contesta Astrid, con los pasaportes de los alemanes y los billetes de clase turista.

Veintitrés horas más tarde

—Madre mía, ¿pero y este imbécil? —blasfema Vega desde el asiento del copiloto. Begoña conduce a su lado centrada en la carretera, solo se permite mirar a su superiora con el rabillo del ojo cuando están a punto de llegar al aeropuerto.

—¿Qué pasa?

—Que se ha filtrado la noticia de que Astrid y Hugo

están muertos.

—¿Cómo?

—Pues un capullo llamado Marcial Olmos que va de periodista y que estaba en el aeropuerto, se ha enterado y lo ha contado en X, esa puta red social que me tiene hasta las narices. Y lo peor es que, después de que los vídeos y las *stories* de Andrés dieran la vuelta al mundo, ahora todos los periódicos se han hecho eco de la noticia de la muerte de los *influencers*. Está por todas partes, joder, hay gente que ha ido a casa de Astrid y Hugo a poner fotos y velitas en la entrada... ¡¿Pero esto qué es?! —estalla.

—No sabemos si Andrés está vivo o está muerto, pero dudo que fuera en ese avión. Si él no ha sido, ¿quién se los ha cargado?

—¿Y cómo?

—No tardaremos en saberlo, Vega, pero pongo la mano en el fuego a que los han envenenado. Viajaban en primera clase, ahí te dan de todo, puedes elegir la bebida que quieras. *Whisky*, champán...

—Eso es muy retorcido, Begoña, muy...

—¿Muy Agatha Christie? ¡Ja! A mí ya no me sorprende nada desde el caso de Patones de Arriba. —«Y desde que detuvieron a tu marido, que resultó ser el Descuartizador», se muerde la lengua Begoña—. Al final te voy a tener que dar la razón.

—¿En qué?

—En que hay que desconfiar de tanta perfección. En

que Astrid y Hugo parecían tenerlo todo y en realidad no tenían nada. Eran un fraude. Y Astrid, tan simpática, tan angelical… una asesina. Es que aún me parece alucinante.

—Hemos hecho un buen trabajo. Y tú has sido clave en la investigación, Begoña, tienes el instinto que se necesita para ascender. En unos meses te veo ocupando mi lugar.

Begoña, en silencio, abre mucho los ojos. Antes de adentrarse en el aparcamiento subterráneo del aeropuerto, detiene el coche de un frenazo.

—¿Qué estás queriendo decir, Vega?

—Que, cuando todo esto acabe, voy a pedir un traslado a A Coruña. Ya sabes que mi padre es gallego, siempre he querido vivir en Galicia. Allí tengo una buena amiga, la inspectora Ana Valdetierra, con la que es muy difícil trabajar, pero… no sé, me apetece cambiar de aires. Lo necesito —contesta, eludiendo a propósito su decepción con Daniel y la decisión, probablemente equivocada, de no acusarlo de la información que ha filtrado a la prensa y a saber de qué más. No quiere volver a trabajar con el inspector Haro. No quiere volver a verlo, la atracción que sentía por él se ha convertido en cuestión de horas en rechazo. Sin embargo, Daniel ha sido solo la puntita del iceberg. Necesita alejarse de Madrid, de Marco, de su pasado, de las habladurías, de la traición y de tantas mentiras…

—Es por Marco, ¿verdad? Ese puto psicópata ha hecho de tu vida un infierno, Vega, pero lo que diga la gente te la tiene que resbalar.

—No es la gente, Begoña. No es la gente… fueron compañeros en los que confiaba y que insinuaron que yo sabía que Marco era un asesino en serie e hice la vista gorda. Me dieron la espalda. Me hicieron el vacío porque no sabían qué decirme, cómo tratarme… ¿Sabes lo que fue eso para mí? O decían que, si no lo pillaron antes, era porque estaba casado conmigo. Ya ves cómo me mira Gutiérrez y su equipo… o cómo me miran abogados, fiscales y jueces, con unos aires que… No lo soporto. Me culparon de la maldad de Marco y de la propia ineptitud de Gutiérrez.

—Entiendo que quieras alejarte de todo eso, que cambiar de aires te sentará bien y que hay mucho capullo en comisaría, pero yo… yo te voy a echar de menos, jefa.

—Bueno… —suspira Vega con un nudo estrujándole la garganta—. Ahora no es momento de ponernos sensibleras, Begoña, tenemos trabajo que hacer.

A Vega le parece increíble estar a punto de ver los cadáveres de Astrid (cuánto dolor ha causado esa chica, cuántas muertes injustificables) y de Hugo, al que habrían incriminado por ayudar a deshacerse del cadáver de la chica asesinada en Tailandia, sea quien sea. Recuerda que hace escasos días vio en vivo y en directo a la pareja de *influencers* posando ante la prensa en la entrada de ese club recién inaugurado en Malasaña. Estaban radiantes, guapísimos, llenos de vida y de proyectos, de fantasías con las que casi ningún común mortal puede ni siquiera soñar, cuando la realidad es que el día a día que mostraban en redes era una mentira. El interior de la pareja estaba podrido, tanto, que, seguramente, ninguno de los dos llegó a saber qué era la felicidad. En unos pocos días, un padre roto por dentro por el asesinato de su hija le ha mostrado al mundo cómo eran realmente. Y ahora están muertos. Adiós a la fama, a la influencia, al poder y al dinero; adiós a las casas, a los coches, a la ropa de marca, a las fiestas, a los relojes únicos de cincuenta mil euros de los que solo pueden presumir unas pocas personas en el mundo...

¿De qué sirvió *tener* tanto?

Fundido a negro. Fin. Así se acaba todo. La vida no es más que una obra de teatro en la que, cuando baja el telón, no nos llevamos nada ni queda nada, solo la huella que dejamos en los que siguen en este mundo roto y egoísta, y la huella de los *influencers* ahora es endeble, ha sido merecidamente pisoteada por sus acciones despiadadas. Vega deduce que el padre de Valeria ya tiene la justicia que buscaba.

Vega y Begoña salen del aparcamiento y emprenden el camino en dirección a la pista donde se encuentra el avión. Reparan en los viajeros. Desde el interior del aeropuerto, pegan sus caras a los cristales, las miradas fijas en ese avión donde se sabe que yacen los cadáveres de Astrid y Hugo. Algunos están grabando pacientemente con el móvil por el morbo que despierta tener en primicia el momento en que saquen los cadáveres de los *influencers* en camillas, envueltos en fundas mortuorias.

Atraviesan el cordón policial y suben por la plataforma que las separa de la cabina del avión atestada de compañeros de la científica enfundados en sus buzos blancos.

—Por aquí —las acompaña un agente.

Cuando Vega, que pasa por delante de Begoña por el pasillo, se encuentra frente a los cadáveres, el corazón le da un vuelco.

—Pero qué…

Begoña, que es la primera vez que pisa una cabina de primera clase, con asientos más anchos que el sofá de su casa, se asoma por encima del hombro de Vega. Su expresión lo dice todo.

—¿Quiénes son? ¡No son Astrid Rubio y Hugo Sanz! —exclama Vega, ante la atenta mirada de todos los presentes. Deben de ser unos ignorantes en cuanto a famosillos del tres al cuarto se refiere, y que ahora no le vengan con la excusa de que en persona la apariencia suele ser distinta a la de la multitud de fotos que exponen en redes.

—Inspectora, sus pasaportes así nos lo han indic…

—¿Os habéis dignado a mirar las fotografías de los pasaportes? —corta Vega al agente—. ¡¿Os habéis fijado bien?! No lo creo. Porque se parecen, pero no son las personas que buscamos —espeta, colérica, preguntándose quiénes son la mujer y el hombre que tiene delante, por qué tenían los pasaportes de Astrid y Hugo, y por qué han viajado en sus asientos, los de la última fila de la cabina de primera clase.

CAPÍTULO 23

Al salir del avión, nadie los ha detenido como Hugo esperaba, mirando en todas direcciones con el miedo reflejado en los ojos. Suficiente follón había ya en el aeropuerto, pero eso los *influencers* todavía no lo saben. Astrid y Hugo han pasado desapercibidos por los controles de seguridad. Nadie los ha reconocido debido al mal aspecto que arrastran desde que se subieron a la lancha. Nada que ver con la pareja pletórica que llevan años mostrando en sus redes sociales.

Ahora, mientras ella conduce un coche de alquiler por una carretera sin asfaltar que parece no llevar a ninguna parte, él se pregunta qué habrá sido de la pareja alemana por la que se han hecho pasar sin que nadie haya reparado en las evidentes diferencias físicas entre las fotos de los pasaportes y ellos. El plan de Astrid, su *truquito de magia* de intercambiar con los alemanes pasaportes y asientos en el vuelo de regreso a Madrid, ha funcionado a las mil maravillas. O, tal vez, nadie los buscaba como

Hugo tanto temió al cruzar las puertas del aeropuerto Koh Samui, y entonces, las incomodidades que han padecido en clase turista con una insufrible Astrid quejándose por todo, no han servido de nada.

—Esa pareja nos estará esperando para intercambiar los pasaportes, Astrid, joder, ¿qué hemos hecho?

Astrid lo mira de reojo con indiferencia. Piensa en lo idiota que es Hugo. Con todo lo que ha pasado, ¿en serio le preocupa la pareja de alemanes? Bah, ni caso. Además, a Astrid no le gusta que le hablen mientras conduce. Es experta en dejar la mente en blanco.

—Voy a ver qué dicen en…

—¡Ni se te ocurra encender el móvil! —grita Astrid fuera de sí, dándole un manotazo a Hugo que provoca que el móvil caiga encima de la alfombrilla.

Hugo coge el móvil y lo vuelve a guardar, sin decirle a Astrid que en ningún momento lo ha tenido apagado. Ahora que están de nuevo en España, que su viaje exprés a Tailandia le parece un sueño, lo que desea con todas sus fuerzas es que, si los están buscando, los localicen, y su móvil es clave. Hugo quiere que se lleven a la loca que conduce a su lado con la frialdad de una psicópata, no volver a verla lo que le quede de vida y confesarlo todo. Espera que el hombre al que ha golpeado en Tailandia siga vivo. Era español, por lo que ha debido de denunciarlos y parecía saber muy bien quienes eran. Y luego están las chicas… Y Malai…

Hugo inspira hondo con la intención de deshacerse

de este nudo en el pecho que lo acompaña desde que ha descubierto el cadáver de Malai y Astrid ha intentado engatusarlo con sus mentiras.

«Fue ella. No estoy enfermo. Fue ella», tiene que repetirse cientos de veces para creérselo, una especie de ensayo para cuando tenga que enfrentarse a las autoridades.

Apoya la cabeza contra la ventanilla. Por un momento, parece dejar atrás toda la tensión y el sufrimiento de las últimas veinticuatro horas. Cierra los ojos, está agotado, y, ahora sí, se rinde a los brazos de Morfeo que lo acogen en su calma, mientras Astrid sigue conduciendo por esa carretera que parece no llevar a ninguna parte, pero que los lleva a lo que ella considera un lugar seguro.

Naree, tumbada en la inmensa cama de la habitación del hotel con vistas al Paseo de la Castellana y después de media hora contestando a las preguntas de una inspectora que parecía estar muy cabreada, rememora una y otra vez el instante en el que se detuvo frente a esa pareja que parecía tan maja, tan enamorada e ilusionada, y les sirvió las copas de champán envenenadas.

Media hora después, estaban muertos.

Nadie se dio cuenta, beneficios de los asientos de la última fila. Claro que los compartimentos de primera clase, con asientos espaciosos que se convierten en camas, son mucho más privados que los de turista y ha ayudado a que la muerte de esa pareja pasara desapercibida hasta que a Naree le ha tocado actuar cuando ya no quedaba nadie en el avión.

Nadie mira a nadie.

Nadie se preocupa por nadie.

«No eran ellos», se culpa Naree, atormentada como si los fantasmas de la pareja a la que ha matado la hubieran acompañado hasta el hotel.

No eran Astrid Rubio y Hugo Sanz, los *influencers* responsables de la muerte de la hija de Andrés, pero se parecían. Hasta creyó, qué idiota se siente ahora, que se hacían pasar por alemanes y le hablaban en inglés para ocultar su verdadera identidad.

«Qué he hecho».

Ya es tarde, pero Naree se arrepiente de no haber realizado las comprobaciones pertinentes. Lo tenía tan fácil como buscar sus nombres en Google y comparar las fotos de los *influencers* con la pareja a la que le ha servido las dos copas de champán envenenadas que terminaron, como todas las que han servido durante el vuelo, limpias y sin huellas. No hay manera de que la policía sospeche de Naree. Son varias las azafatas que sirven en el avión. Ponen especial atención a los pasajeros de primera clase con todo tipo de comodidades, que para eso pagan más. Su nerviosismo y su brillante interpretación al hallar los cadáveres, han ayudado a que la hayan dejado ir. Qué error. Se confió. Solo tuvo en cuenta los nombres en la lista de pasajeros, esa pareja no debía estar en los asientos asignados a Astrid y Hugo.

Naree querría llamar a Andrés, pero teme que la relacionen con él, porque, si lo hacen, la tendrán en el punto de mira y entonces no tendrá escapatoria. Sabrán que ella volcó el veneno en las copas, las autopsias revelarán que así fue cómo murieron, envenenados. Es incapaz de decirle a Andrés que ha matado a dos personas inocentes que no tenían nada que ver con los asesinatos de las chicas. Ahora sabe que Valeria no fue la única víctima de Hugo como Andrés le dio a entender, aunque resulta que el chico no es el asesino, sino su novia, Astrid.

Ha estado leyendo al respecto varios artículos, porque parece que no se habla de otra cosa, de que el Asesino del Guante es en realidad una mujer y es la conocidísima Astrid Rubio, así como de la torpeza de los investigadores al confundir a los fallecidos del avión con los famosos *influencers*, actualmente en paradero desconocido.

Naree busca en la agenda el número de Andrés, cuyo nombre también protagoniza varios titulares:

Andrés Almeida, el padre destrozado por el asesinato de su hija Valeria, la primera víctima de Astrid Rubio, ha dado a conocer a través de X e Instagram con la cuenta @ laparejaperfectaesunfraude, la mentira de los *influencers*.

Cuando en lugar de marcar el número de Andrés para informarle de su imperdonable error, decide borrarlo de su agenda, dos golpes secos en la puerta la hacen dar un respingo.

—¡Naree Iturbide, abra la puerta! ¡Policía!

Los cadáveres hallados en el avión procedente de Koh Samui
aún sin identificar, no son Astrid Rubio y Hugo Sanz, que han
logrado burlar el sistema de seguridad y se hallan en paradero
desconocido.

***

Hay una orden de busca y captura contra la *influencer* Astrid
Rubio,
la Asesina del Guante, por lo que la policía pide ayuda a la
ciudadanía
para dar con su paradero.

***

¿Quién era la chica que los *influencers* tenían en su habitación y de
cuyo cadáver se deshicieron en el mar?
La policía tailandesa ha acudido hasta la cabaña 12 de Angkana
Bungalows donde la pareja se alojaba, para recabar pruebas e
identificar a la chica, presuntamente asesinada por Astrid Rubio en
un arranque de celos al descubrir que Hugo Sanz había mantenido
relaciones sexuales con ella.

La policía tailandesa no se ha presentado en la cabaña
9, tal y como Andrés esperaba tras despertar del golpe
que le ha propinado Astrid y que ha visto medio mundo.
Concretamente diez millones de usuarios en Instagram

y otros tantos a través de los periódicos digitales que, a rebosar de titulares sobre el tema del momento, han aprovechado las redes sociales para beneficiarse de los morbosos *ckickbait* subiendo su vídeo, ya desaparecido de las *stories* de su cuenta porque han pasado más de veinticuatro horas.

Y ahora resulta que Naree, menuda imbécil, jamás debería haberle confiado una misión tan importante, ha matado con el cianuro que le dio a una pareja que no ha resultado ser Astrid y Hugo.

—Cómo cojones lo han hecho —masculla en un siseo.

Angkana Bungalows se ha llenado de policías.

En la cabaña 12 apenas cabe un alfiler.

Afortunadamente, las autoridades no han molestado (todavía) al resto de huéspedes con preguntas que, salvo Andrés, nadie va a saber responder. Encontrarán las cámaras en la cabaña 12. Por eso, ahora que se encuentra mejor y que el dolor de cabeza ha remitido un poco, es importante irse rápido de aquí y regresar a España en el primer vuelo que encuentre. Ya se ha deshecho de los monitores y de todo el material con el que espiaba a los *influencers* gracias al cual ha recopilado material suficiente para que la policía descubra la verdad sobre el Asesino del Guante. Ya tiene lo que quería. Ahora solo le falta ser él quien encuentre a Astrid y acabe con ella antes de que la detengan. Unos pocos años de cárcel, porque la justicia es así de cabrona en España, no son suficientes para Andrés. Él quiere que muera. Que no siga en este mundo, que se pudra bajo tierra como se está pudriendo su hija. Y, a poder ser, que sufra. Que sufra mucho.

Y después… ¿Después podrá él seguir con su vida?

Prefiere no pensar en eso.

Desvía la mirada en dirección a la playa privada. Desde la privacidad de la cabaña que abandonará en unos minutos, Andrés sonríe para sus adentros. Gracias a sus vídeos, en los que Hugo y Astrid aparecen hundiendo el cadáver de Malai, las autoridades saben que van a encontrar el cuerpo en las profundidades y ya hay unos buzos buscándola.

—Van a por ti, Malai. Te van a sacar de ahí —dice en un murmullo, tragándose las lágrimas al tiempo que enciende el móvil.

Espera que Saman, el recepcionista, cumpla con lo prometido y no se vaya de la lengua. Que no cuente que el *viejo loco* de la cabaña 9 le pagó un dineral por colocar todas esas cámaras espía en la cabaña 12 que ahora están registrando de cabo a rabo.

Abre la aplicación que le indicará la localización exacta del móvil de Hugo, si es que ha sido tan tonto como para llevarlo consigo y tenerlo encendido. Por eso, cuando Saman colocaba las cámaras y vio el móvil en la mesita, Andrés le ordenó que se lo llevara y luego lo volviera a dejar en su sitio como si nunca se hubiera movido de ahí: instaló una aplicación que pasa desapercibida si no profundizas mucho en el contenido del móvil, que ahora le va a indicar a Andrés el punto exacto en el que se encuentra el *influencer*, y, por tanto, también Astrid, su objetivo.

Gracias a los carnés de conducir que la pareja que viajaba en los asientos asignados a Astrid y Hugo llevaban en unas mochilas sucias y poco frecuentes en pasajeros de primera clase, los han podido identificar sin que la información haya trascendido a la prensa: Angelika Schmidt y Anton Becker, de veinticuatro años y residentes en Leipzig, una ciudad del estado de Sajonia, al este de Alemania. Los compañeros se están encargando de contactar con las familias.

Mientras, Vega, más cansada de lo que se ha sentido nunca, pero por lo menos la acompaña Begoña, ya que el traidor de Daniel debe de estar durmiendo y no se ha enterado de las cincuenta llamadas que le han hecho al móvil, se sienta frente a la azafata de vuelo Naree Iturbide. Una compañera la ha acusado de ser la única que sirvió a los pasajeros fallecidos, cuyos cuerpos se encuentran en el anatómico forense a punto de que se les realice la autopsia.

—No entiendo qué hago aquí —se queja Naree, cruzándose de brazos en actitud defensiva. Nacida en San Sebastián hace cincuenta y tres años, la azafata presume de una belleza exclusiva y aparenta muchos menos años de los que tiene. Padre vasco y madre tailandesa, sus rasgos son exóticos, pero también fríos y distantes. Vega se pregunta qué oculta, qué se le está pasando por la cabeza. Imposible siquiera intuirlo—. Ya les he dicho que sí, les serví bebida y comida... Solo he tenido la mala suerte de que se me adjudicara esa fila de asientos y después, al aterrizar, descubrirlos sin... sin vida.

—Según el forense, llevaban muertos unas quince horas —interviene Begoña—. En un vuelo de veintiuna horas y cinco minutos exactos, es raro que la azafata de vuelo a quien se le había adjudicado cierta fila y ciertos asientos, y además en una cabina de primera clase en la que los pasajeros suelen ser más exigentes que en clase turista, no se diera cuenta de lo que había pasado mucho antes de aterrizar en Madrid.

—Respeto la privacidad de los pasajeros —se excusa Naree, creyéndose convincente—. Muchos prefieren dormir y que no se les moleste. Pensaba que estaban dormidos. Como comprenderán, no nos detenemos a su lado ni nos los quedamos mirando de cerca y fijamente, sería algo incómodo, así que, si no requieren de mis servicios, prefiero no molestar.

—Entiendo. Pero no todas las azafatas tienen una relación tan... íntima con Andrés Almeida, el padre de Valeria, la primera víctima de Astrid Rubio, a quien usted confundió con Angelika Schmidt. Así es como se llamaba la chica, y solo tenía veinticuatro años —presiona Vega, entreviendo una mueca de dolor en Naree al decirle la edad de la fallecida—. Ni siquiera conocía a los *influencers* ni sabía como eran físicamente, ¿verdad? Fue un error. Astrid ha sido más lista que todos. Cambió los asientos y los pasaportes con esa pobre pareja, no sé si sospechaba que intentaban matarla o fue casualidad, pura suerte. ¿Cuánto dinero le prometió Andrés por acabar con la vida de los *influencers*, Naree?

Ha borrado el número de Andrés de la agenda. ¿Qué ha pasado por alto para que la hayan relacionado con él y su afán de venganza? Cuando le han requisado el móvil tras mostrarle la orden, en ningún momento pensó que podrían encontrar nada que la incriminara. Ahora traga saliva con fuerza. No ve escapatoria alguna. Ignora si Andrés le ha ingresado los seiscientos mil euros que le prometió; si lo ha hecho, está acabada. Necesita un abogado, no puede seguir hablando con estas mujeres que la miran y la tratan como si fuera una asesina cualquiera.

—Hay una llamada de un número recientemente borrado de su agenda que pertenece a Andrés Almeida desde hace una semana. No es su número habitual, pero eso usted ya lo sabe. La llamó desde Thong Sala veinte minutos antes de que embarcara rumbo a Madrid a la una de la madrugada hora Tailandia, cuando aún estaba en el aeropuerto Koh Samui. Eso nos ha hecho saber que Andrés sigue vivo, que el golpe que Astrid le propinó un par de horas antes según la *story* que publicó en Instagram, no lo mató.

—¿Que Andrés sigue vivo? ¿El golpe? ¿*Story* en Instagram? —balbucea Naree, que parece haber perdido la capacidad de hablar, preguntándose qué le pasó a Andrés antes de llamarla. Está confusa, no ha leído nada de eso en la prensa digital, pero Andrés debe de estar bien, porque lo llamó para decirle que el trabajo estaba hecho antes de saber que había cometido un error fatal. Que ahora la inspectora la relacione con Andrés, la ha pillado por sorpresa.

—¿Qué le dijo, Naree? —insiste Vega—. ¿En qué quedaron?

¿Hasta dónde nos puede llevar la ambición?

Naree nunca creyó que llegaría a decir:

—No voy a seguir hablando sin la presencia de un abogado.

Vega mira a Begoña con los labios comprimidos, silenciando que, ya que no puede largarse a casa y dormir doce horas del tirón como debe de estar haciendo Daniel, se muere por un café. Da un golpecito sobre la mesa conteniendo las ganas que tiene de dirigir su puño a algo sólido y destrozarlo, y vuelve a centrar la mirada en la azafata, esta vez de un modo desafiante.

—Está en su derecho, Naree. Va a necesitar un buen abogado que la saque de esta.

CAPÍTULO 24

Cuando Hugo estaba despierto, Astrid conducía por una carretera secundaria que parecía no llevar a ninguna parte, pero el camino de tierra repleto de baches por el que ahora circulan debe de llevar, directamente, a la nada.

Hugo abre los ojos de sopetón y desorientado, como si no recordara cómo ha llegado hasta aquí. Como si no recordara absolutamente nada. Lleva dormido media hora, pero tiene la sensación de que apenas ha transcurrido un minuto. A veces, Hugo visualiza sus recuerdos como fragmentos de cristal. Hay trozos que su cerebro recoge por necesidad y otros, los más afilados, los que más daño son capaces de hacer, los desecha, borrándolos de su memoria. Se lleva la mano al corazón, ahí donde el órgano vital sigue latiendo veloz, desbocado, con angustia, pánico, terror.

—Astrid…

—Nos están buscando, Hugo —suelta Astrid rápido, como quien se arranca una tirita del tirón para que duela menos, sin apartar la vista de la carretera—. No sé cómo han sabido que yo... —levanta la barbilla bravucona, ladea la cabeza, declara con cierto orgullo—: Que soy la Asesina del Guante. El hombre al que golpeé... ese hombre era el *paparazzi*, Hugo, estoy segura, nos seguía, nos fotografió, nos grabó, nos ha estado grabando todos estos días en Tailandia, incluso dentro, en la cabaña... debió de meter cámaras, no sé cómo, pero... Creo que era... bueno, han dicho que es Andrés... no recuerdo el apellido. Era el padre de Valeria, la primera chica a la que...

—A la que mataste —termina Hugo por ella, sacudiendo la cabeza a modo de reproche.

—Sí, eso. La maté, sí, la maté, y por ti y por lo nuestro lo volvería a hacer, Hugo, ¿es que aún no lo entiendes?

No. Hugo no entiende nada. No reconoce a *la gran Astrid Rubio* en esa mujer ida que habla en susurros, que apenas pestañea y que pretende hacerle ver que los asesinatos que ha cometido han sido por amor, ¡por amor! ¿Pero qué locura es esa?

—Es que se me ha ocurrido encender la radio, ¿sabes? —añade con voz meliflua—. Estamos en todas partes, tú también, y dicen que la pareja del avión...

—¿Los alemanes?

—Sí, esos, los alemanes, los mochileros. Que están muertos, Hugo —le cuenta en una exhalación—. Al principio hubo una confusión, creyeron que éramos nosotros, imagina el disgusto de nuestros fans... —«Como si aún nos quedara de eso», se calla Hugo—. Pero luego han visto que no, han desmentido la noticia y...

—¿Me estás diciendo que si no hubiéramos intercambiado los asientos y los pasaportes con esa pareja, tú y yo habríamos muerto en el avión?

Astrid asiente para, al momento, negar con la cabeza, encogerse de hombros, no lo sabe. Un impulso la lleva a bajar la ventanilla, coger su móvil (que lleva más de un día apagado) y lanzarlo, instándole a Hugo a hacer lo mismo con el suyo, pero él hace caso omiso a su petición silenciosa.

—Tranquilo, te llevo a un lugar seguro. Yo me encargo de todo, ¿vale? Allí nadie nos va a encontrar. Nunca. Aunque lo más seguro es que te deshagas del móvil como he hecho yo, no lo hagas si no quieres. Mientras lo tengas apagado, no creo que haya problema. No nos encontrarán. Ahí donde vamos tampoco hay antenas ni nada, o sea, creo que la policía localiza los dispositivos de las personas por las antenas, ¿no? —inquiere.

Hugo sabe que Astrid se está haciendo la tonta. Que, cuando baje la guardia, le robará el móvil y lo hará pedazos. Porque ambos saben que el dispositivo puede transmitir la localización mediante la intersección de las señales de varias antenas de telefonía móvil incluso apagado, aunque la zona en la que se están adentrando carezca de todo eso. Y eso si Hugo tiene suerte, claro. Porque si a Astrid se le va la cabeza del todo, a quien va a hacer pedazos es a él si así se lo propone.

253

Así que Hugo vuelve a perder la mirada en el paisaje desalentador y anodino que pasa a cámara rápida por la ventanilla, sabiendo que no va a poder volver a pegar ojo hasta que los encuentren. Agarra fuerte su móvil. No piensa apagarlo ni deshacerse de él, no, ni de coña, su móvil seguirá encendido, acumulando millones de llamadas y notificaciones que no emitirán sonido alguno. Lo mantendrá en silencio. Pero encendido. Que los encuentren, que la encuentren, que la encierren y que a él lo liberen, porque así es como se siente, como si Astrid lo hubiera secuestrado.

Los faros del coche alumbran el rudimentario camino flanqueado por árboles cuyas ramas desfallecidas parecen garras con ansias de atraparlos. Hugo no atisba ni un alma por los alrededores. Está muy oscuro.

—Cuando me seguías y luego matabas a esas chicas... ¿llevabas el móvil encima, Astrid? —pregunta Hugo, con calma, porque lo último que quiere es alterarla, terminar de aflojar el tornillo y que enloquezca del todo o se vuelva contra él.

—Nunca. Lo dejaba en casa.

—Lo suponía... Pero dime adónde vamos, Astrid —quiere saber Hugo, con la desesperación marcando la cadencia grave de su voz.

—A una finca. A las afueras de Aldea del Fresno. Es una finca muy vieja que pertenecía a mi bisabuelo. Está abandonada y ahora es de mi padre, de sus seis hermanos, de multitud de primos, de... de nadie, en realidad. Ahí nunca va nadie. No hay electricidad ni agua, no hay wifi... no hay comodidades, no hay nada, ¿vale? Pero vamos a tener que aprender a vivir así a partir de ahora, mi amor. Solo nos tenemos el uno al otro.

«Solo nos tenemos el uno al otro».

Un escalofrío recorre la columna vertebral de Hugo. No había estado tan asustado en su vida.

El aspecto de Andrés no concuerda con alguien que espera en la sala VIP de un aeropuerto, ni siquiera de uno tan pequeño y humilde como el de Koh Samui. Desaliñado, derrotado, indiferente a todo cuanto ocurre a su alrededor y con la mirada muerta de quien ya no tiene nada que perder porque lo ha perdido todo, le toca esperar. El siguiente vuelo que lo llevará de regreso a Madrid saldrá en cinco horas. En menos de cuarenta y ocho horas, Andrés volverá a encontrarse con Astrid. Esta vez no se lo va a poner tan fácil, ha realizado unas cuantas llamadas, llevará un arma. Si Hugo se porta bien, es posible que él se salve.

Pero quién sabe.

Está muy cabreado.

Naree sigue en comisaría. Es la principal sospechosa de haber matado a esos alemanes que, por lo visto, intercambiaron los asientos con Astrid y Hugo. Cree que Naree terminará delatándolo, pero, de momento, no hay ninguna orden de busca y captura emitida en su contra. Un buen amigo suyo, comisario jubilado, es quien lleva horas pasándole información. Todo por una jugosa transferencia, obviamente, que aquí todo el mundo se aprovecha de las desgracias ajenas y quiere chupar del bote, porque lo de ayudar desinteresadamente como que no, despidiéndose de él con la siguiente parrafada:

—No la cagues más, Andrés. Ya te has expuesto demasiado con todo ese rollo que has publicado en las redes sociales, los vídeos... Vamos a seguir cubriéndote las espaldas, somos muchos detrás de ti, pero han muerto dos chavales que no tenían culpa de nada y la inspectora Vega Martín que lleva el caso se está empezando a desesperar... Salvo la de búsqueda y captura contra la *influencer* del demonio, que contra eso no hemos podido hacer nada, se le están negando el resto de órdenes que pide. El juez quiere su parte, ya le pagarás cuando llegues a Madrid, pero Vega va a por ti. Va a por Astrid y también va a por ti, Andrés, y no sé durante cuánto tiempo más vamos a poder estar parándole los pies. No va a tardar en olerse algo raro y no nos interesa.

—Dadme cuarenta y ocho horas. Paralizad la búsqueda de Astrid durante durante ese tiempo. El primero en encontrar a esa zorra tengo que ser yo y sé cómo hacerlo.

—Andrés, no sé si eso será posible...

Andrés no acepta un no por respuesta.

—¡Hacedlo! Y sacad a Naree de esta, tú lo has dicho, no hay pruebas sólidas contra ella, ninguna prueba concluyente que la incrimine. Ningún juez admite una simple intuición por muy buen olfato que tengan los investigadores. Cuando acabe, cuando Valeria tenga la justicia que merece, todos vais a cobrar vuestra parte, ya lo sabes, incluidos Gallardo y el juez. Podrás permitirte ese apartamento en Marbella que tanto te pide la mujer, Ernesto.

La exclusividad se la lleva, una vez más, la *influencer*, a quien sí están buscando por el asesinato de Valeria, Susana, Magda, Lucía... y, de momento, solo Andrés sabe dónde está. Y así seguirá siendo mientras sus *amigos los de arriba* sigan cubriéndole las espaldas... a cambio de grandes sumas de dinero. Nada sale gratis en esta vida.

O sí.

La aplicación que ha rastreado el itinerario de Hugo, se ha detenido en mitad del camino de la Segoviana, por encima del Barranco del Tejar, el lugar más recóndito de Aldea del Fresno, a menos de una hora de Madrid. A estas horas, la pareja podría estar en cualquier parte, han transcurrido veintiocho horas desde que huyeron de Tailandia. La flecha ha dejado de moverse, por lo que Hugo podría haberse desecho del móvil muchos kilómetros antes de llegar a su destino. Pero Andrés tiene que intentar llegar hasta el único lugar al que conduce ese camino perdido de la mano de Dios: Finca Los Hermanos, con una extensión de diez hectáreas y una casucha que en sus buenos tiempos debió de parecer una mansión, pero que hoy, según el mapa que Andrés estudia con detenimiento, se cae a pedazos.

Faltan cuatro horas y treinta minutos para embarcar.

A Andrés le da la sensación de que las horas transcurren lentas, letárgicas, y que tiene todo el tiempo del mundo para seguir urdiendo su plan, realizando llamadas y prometiendo cantidades estratosféricas de dinero que quizá nunca lleguen a manos de esos buitres capaces de destrozar a una simple subordinada por presumir de mansiones y cochazos.

¿Qué podría salir mal, Andrés?

Naree sigue detenida. Pero no por mucho tiempo. Tiene un buen abogado que está a diez minutos de sacarla de comisaría. Porque la realidad es que más allá del testimonio de una compañera envidiosa y la relación de Naree con Andrés, no tienen pruebas consistentes de que fuera ella quien espolvoreara el veneno en las copas de champán que ingirieron los alemanes a los que sirvió durante las cinco horas que viajaron en el avión con vida. No han hallado las copas de cristal. Están limpias y relucientes junto a todas las que se utilizaron durante las más de veinte horas de vuelo. Naree no dejó ni rastro, lo hizo bien y ya están los de arriba para protegerla, aunque eso es algo que ella ignora.

Andrés, sin estar, está en todas partes.

Cianuro, ha resumido el forense tras abrir los cuerpos en canal para realizarles la autopsia.

—El cianuro los mató en menos de quince minutos sin posibilidad alguna de pedir ayuda.

—¡¿Cómo es posible que ningún pasajero se diera cuenta?! —ha maldecido Vega.

Andrés no ha tenido tiempo de hacerle la transferencia a Naree. Ni lo hará. Ahora el dinero es lo que menos le importa a la azafata. Es como si te ofrecieran un millón de euros sabiendo que al día siguiente no volverás a despertar. ¿De qué te sirve ese dinero? De nada, no vas a poder disfrutarlo. Lo mismo ocurre con la libertad. Libertad y tiempo son los bienes más preciados, pero la ambición, esa que Naree ha dejado de lado por los sucesos de las últimas horas, nos ciegan, no nos dejan ver lo que de verdad importa. Lo que Naree quiere, lo que más desea en este condenado mundo, es salir de aquí cuanto antes. Pagar lo que ha hecho con noches de insomnio, alcohol, lágrimas, soledad, autodestrucción, el remordimiento corroyendo su cuerpo como un cáncer, pero no podría soportar ni un solo día en prisión. Es un lugar que no está hecho para ella, aun sintiendo que es lo que merece. A fin de cuentas, dos jóvenes inocentes con toda una vida por delante han muerto por su culpa.

Vega, impotente, ve marchar a la azafata y a su abogado. Las seis horas en comisaría no le han arrancado a Naree su porte distinguido, la altivez de sus gestos, la manera erguida que tiene al caminar, tan estirada que a Vega le dan ganas de correr hacia ella y hacerle la zancadilla.

—Es injusto —espeta entre dientes a una compungida Begoña—. Porque sabemos que fue ella. Lo sabemos.

—Pero no hay pruebas sólidas, Vega, esa es la realidad. Una llamada veinte minutos antes de embarcar... bueno, no demuestra nada, podría ser por otro tema. La rutina de una azafata de vuelo sirviendo a los pasajeros, unas copas desaparecidas, un veneno que no se sabe de dónde han sacado... No tenemos nada.

—Viste tan bien como yo cómo ha titubeado. Al mencionar a Andrés, le cambió la cara. Pero nada, no ha soltado prenda, ha matado a dos personas y se va a ir de rositas. Ella y Andrés. Esto es...

—Es una mierda —interviene Daniel, a quien el descanso parece haberle sentado de maravilla. Se ha afeitado y todo—. Vega, te traigo café.

—Déjame en paz.

Vega se aleja de Begoña y Daniel, y se acerca al cubículo donde se encuentra Samuel para preguntarle si han podido rastrear el dispositivo móvil de Astrid.

—Nada. Se le pierde la pista a cinco kilómetros del aeropuerto, podría haber ido a cualquier parte —se lamenta el agente—. Y hasta hemos comprobado dónde se encontraba el dispositivo cuando mató a las chicas.

—En casa —adivina Vega.

—Exacto. Si fue cuidadosa entonces, ahora, que debe de saber que hay una orden de arresto contra ella... —Samuel chasquea la lengua contra el paladar—. Porque no hablan de otra cosa en radio, televisión... Astrid lo tiene que saber —añade para no alargar el silencio, porque no se atreve a decirle a Vega que, desde arriba, han ordenado paralizar la búsqueda contra Astrid y se han retirado los efectivos que había en carreteras. El motivo lo desconoce, aunque el agente es el primero en intuir que algo raro está pasando.

—Ya. Pues el móvil de Hugo.

—No hay una orden para acceder a los datos de Hugo, Vega… No podemos rastrear su móvil así como así.

—Pues la pedimos, joder, ¿por qué va todo tan lento? ¿Qué les pasa? —se exaspera—. ¿Y el coche que han alquilado tiene algún tipo de localizador?

Samuel comprime los labios. Niega con la cabeza. Otro obstáculo más, ve venir Vega.

—Lo tenía. Todos los vehículos llevan localizador por GPS, pero lo han perdido. Han sabido desactivarlo, lo cual es ilegal, aunque alquilaron el coche con los pasaportes de los alemanes, así que…

—¿Y por qué nos han negado la orden para detener a Andrés, esté donde esté? —empieza a desconfiar Vega.

—Órdenes de arriba, Vega. Ese hombre debe de tener muy buenos contactos. No sé cómo, pero… —Samuel se acerca a Vega, baja el tono de voz al decir—: ¿Por qué crees que el comisario no ha aparecido todavía por aquí?

Vega dirige la mirada al despacho de Gallardo. Ha estado tan ocupada, que no se había percatado de que, con todo el lío que hay, lío que ha iniciado Andrés desde

Tailandia, el comisario lleva, por lo menos, un día sin hacer acto de presencia en comisaría.

—Joder. Va a ir a por ellos. Andrés sabe dónde están los *influencers* y es la solución que tienen *los de arriba* —los nombra con retintín— para que el caso se cierre.

—Eso no es todo, Vega... —Samuel contiene la respiración al ver la cara de cabreo de Vega.

—¿No? ¿Qué más? Sorpréndeme, Samuel, porque vamos, esto es increíble.

—Han paralizado la búsqueda de Astrid... Han ordenado retirar los efectivos que había por...

—¡¿Qué?! ¡Pero eso no es posible! Hay que reanudar la búsqueda. Lo que deberíamos estar haciendo es pedir una orden al juez para ver las cuentas del comisario, de los de más arriba, a ver si tienen alguna transferencia de Andrés, si...

—Vega, eso es muy arriesgado.

Qué ganas tiene Vega de pedir el traslado a A Coruña y largarse de aquí. De no volver a pisar esta comisaría llena de chivatos con cara de buena gente y jefes corruptos que, inconformes con sus sueldos de funcionarios, se dejan chantajear por unos cuantos miles de euros que terminarán en paraísos fiscales para hacer la vista gorda a según qué actos o incluso para provocarlos. Actos que aún no han ocurrido. Pero ocurrirán. Es como si Vega hubiera abierto los ojos y pudiera predecir el futuro. Que Daniel filtrara información a la prensa ya no le parece tan importante, aquí hay gente ocupando altos cargos con mucho que ocultar. Delitos graves. Ahora, lo que de verdad le preocupa a Vega, es tener la constancia de que, quienes se supone que deben hacer justicia, miran hacia otro lado con tal de ver engordar sus cuentas. Hay corruptos en todas partes, pero su gremio se lleva la palma. Que un padre vengativo se salte a la torera las leyes empleando la ley de Talión, es lo de menos mientras ellos cobren bien el favor. ¿Qué les ha prometido Andrés para que arriesguen tanto? ¿Para que incluso paralicen una orden de busca y captura?

—Si no obtenemos la orden para localizar a Hugo, no vamos a encontrar a Astrid. Y si han paralizado la orden de busca y captura contra Astrid…

—Voy a intentarlo de nuevo, Vega, ya sabes que con estas cosas no podemos ir por libre —zanja Samuel con resignación.

—Si te vuelven a negar la orden, claro que vamos a ir por libre, Samuel —decide Vega, dispuesta a asumir las consecuencias—. Esto me huele muy mal. Están entorpeciendo nuestro trabajo para darle tiempo a Andrés. Ese hombre no va a conformarse con ir a juicio y que a Astrid le caigan unos cuantos años en prisión. Ese hombre quiere matar a Astrid y arrastrar con ella a Hugo, que no es más que una marioneta. Tenemos que encontrarlos antes que él.

Samuel, pensativo, asiente. Empatiza con Vega y comprende que le fastidie tanto que no la dejen hacer su trabajo y que luego las culpas recaigan sobre ella y no en los mandamases que parecen estar obstaculizándola. No obstante, opina que…:

—Vega, esa… la *influencer* mató a su hija. Mató a otras tres chicas y a esa chica en Tailandia que, por lo visto, era bailarina en el resort y las autoridades tailandesas ya han sacado su cadáver del mar.

—¿Cómo se llamaba? —quiere saber Vega.

—Mmmm… —Samuel pasa rápido las páginas de su libreta—. Malai Saeli. Muerte por asfixia. Ya viste que Hugo colaboró en la ocultación del cuerpo, millones de personas lo vieron en las *stories* que publicó Andrés y…

—¿Y qué, Samuel? ¿Qué me estás intentando decir? ¿Qué cojones está pasando? —se rebela Vega, ante un Samuel dubitativo. Porque cuando te planteas lo mismo que se le está pasando por la cabeza a Samuel, quizá sea el momento de cambiar de departamento. Huir de Homicidios como en el siglo XIV la gente huía de la Peste Negra que hizo temblar Europa durante siete años y pasarte a un lugar un poco más amable en el que no haya cadáveres de por medio.

—Que yo… a ver, no soy padre, pero si mataran a mi hija de la manera en la que Astrid mató a esas chicas y tuviera los recursos económicos y los contactos que por lo visto tiene ese hombre, haría lo mismo que él. Encargarme de ver morir con mis propios ojos a la persona que me arrebató a quien más quería.

CAPÍTULO 25

La vieja casa, que data de finales del siglo XIX, está en ruinas. Parece que, en cualquier momento, el tejado vaya a hundirse sobre las cabezas de Astrid y Hugo. No han tenido la necesidad de romper nada para colarse en la casa ubicada en medio de una inmensa finca, porque no hay cerradura ni candado en las puertas que proteja la propiedad. En sus buenos tiempos, la finca presumía de ganado, caballos, burros, huertos que daban de comer a familias enteras y estancias agradables que aún conservan muebles hoy polvorientos y desgajados cubiertos con sábanas amarillentas. Es una propiedad alejada del mundo envuelta en montañas áridas donde el atardecer incendia el cielo.

Al final, a Hugo no le ha quedado más remedio que lanzar su móvil por la ventanilla. Astrid se ha puesto un poco agresiva, parecía una bomba de relojería. Un paso en falso y todo saltaría por los aires. Hugo ha llegado a pensar que dejaría ir el volante para atacarlo y terminarían teniendo un accidente, así que, una vez más y temeroso como aquel adolescente que descubrió el cadáver de su madre, ha acatado sus órdenes.

Y ahora, aquí están, derrotados en la cocina, el único lugar más o menos seguro pese a ser también un desastre, con una puerta que da al exterior y que Astrid ha cerrado para que no se cuele el calor sofocante que hace fuera.

—¿El coche no tiene localizador? —se le ocurre preguntar a Hugo, cansado, muerto de hambre y de sueño, con la espalda dolorida apoyada en una pared desconchada que desprende un frío que hoy, con el calor que hace, resulta agradable, pero en invierno morirían congelados. No quiere pasar ni un minuto más aquí, siente que se ahoga, como si unas manos le rodearan el cuello y menuda ironía, ¿no? Ahora experimenta la misma sensación que tuvieron las chicas por culpa de sus fantasías, de su visión tóxica del sexo, de su manía de agarrarlas del cuello y privarlas de oxígeno para alcanzar el orgasmo.

—¿Qué creías que estaba haciendo en el aparcamiento, después de rellenar el papeleo y de que nos dieran las llaves del coche?

—No sé, dímelo tú.

—Pues desactivar el GPS, bobo. Lo tengo todo controlado.

—Tengo hambre… y sueño. Estoy hecho una mierda, huelo mal, esto es…

—¡Esto es por tu culpa!

—No, Astrid, no es por mi culpa... —replica Hugo—. Hace menos de una semana vivíamos en una casa bonita, grande... lo teníamos todo —añade nostálgico, mirando el reloj de oro de coleccionista y fijándose por primera vez en los detalles, esos que no tienen importancia cuando posees demasiado: la corona acanalada decorada con un cabujón de zafiro. La esfera guilloché plateada. Las agujas de acero azulado en forma de espada...—. Y ahora, míranos... Sabiendo lo que ahora sabes, estando aquí y supongo que con mucho mono de grabar un directo para Instagram, una *story* o cualquier mierda para presumir de la falsa vida que tenías, ¿volverías a hacerlo? ¿Volverías a matar a esas chicas? ¿Ha merecido la pena, Astrid?

A Astrid se le humedecen los ojos, parece estar a punto de derrumbarse, y, sin embargo, nada puede con ella. Nada. Se recompone con una facilidad pasmosa, regresa la frialdad de siempre y niega con la cabeza.

—Volvería a hacerlo. Porque ahora soy eterna, Hugo —delira Astrid, a quien ni estando en la mierda se le van los aires de grandeza—. Escribirán sobre mí. Hablarán de mí. En televisión, en radio, en podcasts... ocuparemos miles de titulares de todo el mundo, o sea, a nivel internacional, durante años. En año y medio, dos a lo sumo, seré la protagonista de esos documentales *true crime* que tanto éxito tienen en las plataformas de *streaming*... o mejor aún, harán una peli, o una serie... ¿Te imaginas? —sigue diciendo, con la sonrisa más boba que Hugo ha visto en su vida. Por un momento, hasta le da lástima y también siente lástima de sí mismo al no haberse percatado del gran problema de Astrid. Toda su vida ha sido una mentira. Una fantasía. Y ya es tarde para despertar—. ¿Quién crees que hará de mí?

—Astrid, déjalo, esto no es...

—¡Margot Robbie! —exclama riendo—. Siempre me han dicho que me parezco a ella. Sí, me interpretará Margot Robbie y seremos tan famosos, Hugo... tan famosos... que lo que hemos conseguido hasta ahora te parecerá un granito de arena en comparación con todo lo que aún nos queda por conseguir.

—Nos odian.

—Eso no lo sabes.

«¡Eres una jodida psicópata asesina!», reprime las ganas de escupirle en la cara.

—Necesitamos beber agua potable, Astrid. Comer. Estamos hambrientos, joder. Y ducharnos, ¿no ves que damos asco? ¿Cómo piensas hacerlo? ¿Vamos a quedarnos aquí hasta morir de hambre? O de frío, o de...

—¡Solo ves problemas, Hugo, joder, ayúdame! ¡Ayúdame!

—No. No. Se acabó, Astrid. Quisiste venderme el cuento de que estaba enfermo. De que yo era el Asesino del Guante. Eso no te lo perdono. Me confundiste, me hiciste sentir lo peor. Y seré todo lo que tú quieras, pero no soy un asesino ni una mala persona. Aquí la única enferma eres tú. Siempre has sido tú y eres patética, ¿es que no te das cuenta? Eres mala, patética, tóxica... tienes un problema muy grave, Astrid, y yo no voy a seguir aquí siguiendo tus órdenes ni pagando por algo que no he hecho. Yo no voy a seguir escondiéndome.

Dicho esto, Hugo se levanta dispuesto a marcharse y a llegar a algún pueblo que albergue vida, aunque tenga que caminar bajo el sol abrasador del mediodía durante horas. No obstante, hace lo que se prometió no hacer: bajar la guardia. Grave error. Al darle la espalda a Astrid, esta, llena de furia por lo que considera una traición, agarra la barra que mantenía la puerta abierta de la inservible nevera para golpear a Hugo.

BUM.

Con la intención de detenerlo, le da de lleno en la cabeza. Mal sitio para un golpe tan fuerte con una barra de hierro. Muy mal sitio, sí, la cabeza es tan delicada… Pero cuando algo sucede de una manera tan brusca e inesperada, apenas duele, no te da tiempo a sentir ni a asimilar qué ha pasado. La muerte se presenta dulce, veloz como un rayo.

Hugo siente una especie de bomba explotándole en un cerebro a punto de padecer un cortocircuito y apagarse. El mareo le hace perder el equilibro, trastabilla y cae al suelo suelo provocando un gran estruendo. La sangre no tardará en hacer acto de presencia y expandirse hasta quedarse seca, corriendo en oscuros regueros que seguirán las líneas de las baldosas sucias del suelo. Pero Hugo, el hombre que ha robado tantos suspiros durante los últimos años, la promesa literaria del *thriller* español que en realidad no escribía sus novelas y que tantas portadas de *Men's Health* ha protagonizado presumiendo de torso musculado, ya no verá nada de eso. Su visión se enturbia, como si una tela traslúcida le cubriera los ojos difuminando la luz que entra por las pupilas, y su respiración es cada vez más pausada, acorde con los latidos ralentizados de su corazón. Antes de fundirse con la nada más absoluta de la que ya no hay retorno, Hugo distingue una figura vestida de blanco caminando como si levitara hacia él. Su última palabra antes de cruzar al lado frío, no podía ser otra que:

—Mamá.

Vega se ha ido a casa en un ataque de rebeldía después de que el juez le negara todas las órdenes que entre Samuel y ella han pedido para poder desempeñar correctamente su trabajo. No podía hacer nada. Bueno, lo correcto sería decir que no la han dejado hacer nada. Y la orden contra Astrid sigue paralizada, al menos durante unas horas más, le han dicho. ¿Pero cuántas horas necesitan para retomar la búsqueda? ¿Quién está protegiendo a Andrés? ¿El comisario, que no ha vuelto a su despacho? ¿El juez? ¿Alguien de más arriba? ¿Cómo demostrar a Asuntos Internos que son unos vendidos? ¿Que no son dignos de formar parte del cuerpo? ¿De dónde sacó la valentía David para vencer a Goliat?

Un vuelo acaba de aterrizar en Madrid desde el

aeropuerto Koh Samui. Vega lo sabe porque ha estado a punto de presentarse en Barajas. Su intuición le ha dicho que Andrés ha viajado en ese vuelo. No llegará a saber si estaba en lo cierto, pero podría haberlo abordado, aun sin tener una orden contra él ni poder obligarlo a acompañarla a comisaría.

—Pues que haga lo que tenga que hacer. Yo ya estoy harta, joder, me rindo. Así es imposible trabajar —ha zanjado Vega, y se ha largado ante sus atónitos compañeros, después de llevar dos días sin descansar ni comer equilibradamente.

En este instante, sentada frente al portátil y con la tele de fondo encendida por si dicen algo importante sobre los *influencers*, aunque, ¿qué más les queda por decir?, ignora la llamada de Daniel mientras se dispone a rellenar el formulario para pedir su traslado a A Coruña. Pero algo la distrae: el inconfundible sonido de un nuevo email en la bandeja de entrada de su cuenta de Gmail personal. Se trata de un correo electrónico procedente de otra cuenta de Gmail que utiliza un nombre que ha dado la vuelta al mundo, dando un giro inesperado en la investigación de los crímenes del Asesino del Guante: laparejaperfectaesunfraude@gmail.com.

«Siempre es quien menos esperas. Siempre», le dijo Marco cuando fue a verlo a prisión hace unos días, aunque a Vega le da la impresión de que ha pasado media vida desde aquella tarde. Y cuánta razón tenía el muy cabrón.

—Sí, siempre es quien menos esperas —repite una vez

271

más las palabras del monstruo de su exmarido, mientras abre el email con el corazón en un puño y sin tiempo para pensar cómo el padre de Valeria ha conseguido su correo personal.

Inspectora Vega Martín:

Siento que no le hayan dejado hacer su trabajo.

Aquí tiene las pruebas que llevarán a sus superiores a ser investigados y castigados y a librarse de las culpas inmerecidas que sé que tienen pensado cargar contra usted. En la lista aparecen un total de diez nombres. Verá que son altos cargos, comisarios, uno de ellos jubilado, tenientes, fiscales, jueces... Todos corruptos, con mucho que esconder. Adjunto audios, mensajes, documentos varios, transferencias bancarias, cuentas en paraísos fiscales, fotografías... Son todos unos buitres. Hoy me han ayudado a mí, me han cubierto las espaldas y he tenido total libertad para vengar el asesinato de mi hija, que en mi opinión es una misión muy loable que he preferido hacer por mis propios medios pero asegurándome cierto respaldo. No obstante, soy consciente de que mañana, por avaricia, por dinero, ¿por qué si no van a ayudarnos?, podrían salvar a un demonio, y eso no le interesa a nadie, ¿verdad, inspectora Martín?

A por ellos.

Suerte,

A.A.

Cuando Andrés aterriza en Madrid después de un vuelo que se le ha hecho eterno, nadie lo reconoce pese a haber aparecido en las pantallas de media España por ser el responsable de destapar la verdadera cara de los *influencers*. Está tan cambiado que no parece ni él; de hecho, le cuesta reconocerse cuando el espejo le devuelve el reflejo. Ha perdido mucho peso. Ha cambiado sus habituales y carísimos trajes por bermudas y camisas hawaianas. Nunca pensó que la horterada de llevar chanclas con calcetines fuera tan cómodo. La barba canosa es cada vez más abundante y rizada, y parece que la tristeza le han empequeñecido los ojos. El sol en Tailandia pega fuerte aunque no lo busques, y su tez normalmente blanca luce bronceada, los surcos que pueblan su rostro se han vuelto más profundos, como si se hubiera pasado media vida trabajando en el campo.

Sale del aeropuerto sin que nadie lo detenga ni lo mire.

No levanta sospechas ni en los controles de seguridad, aunque a la mujer que hay tras el mostrador también le cuesta reconocer al hombre que tiene delante con el de la fotografía del pasaporte, que finalmente le devuelve con un gesto lastimero, como si por un momento hubiera pensado que Andrés padece una enfermedad terminal.

Llega al aparcamiento, donde su coche lo espera. Qué bonito, con el polvo acumulado de estos días le han escrito GUARRO en la luna trasera y al lado le han dibujado una polla. ¿O es un champiñón?

Se agacha frente al lateral derecho del coche, extiende el brazo por debajo y palpa el suelo de cemento. Al momento encuentra la Glock semiautomática de nueve milímetros cargada y con el número de serie borrado que el propio Ernesto, el comisario jubilado, le ha dejado como regalito. ¿He dicho regalito? Bueno… esta gente no regala nada.

Mira la hora en el móvil. Son las diez de la noche. En cincuenta y tres minutos exactos según el GPS, volverá a encontrarse con los *influencers*, y esta vez será Astrid quien no salga bien parada. La flecha de la aplicación que lo ha ayudado a localizar a Hugo sigue sin moverse. Con una agilidad para la tecnología que hasta hace dos meses no pensaba que tenía, le manda el email a la inspectora Martín previamente preparado desde el portátil cuando iba en el avión de regreso a Madrid. Si todo sale como Andrés espera, será ella quien descubra los cadáveres en ese lugar recóndito en el que Astrid y Hugo están escondidos.

CAPÍTULO 26

—Hugo... Hugo, despierta, joder, despierta...
Astrid ha perdido la noción del tiempo. También ha perdido la cabeza. La poca cordura que le quedaba. Ni siquiera se ha dado cuenta de la enorme cantidad de sangre que mancha el suelo. Ella también tiene las manos llenas de sangre, la cara, el pelo, la ropa... consecuencias de haber estado abrazada durante horas al cadáver de Hugo, cuya cabeza deforme por la barra de hierro con la que lo ha golpeado, parece no tener más sangre que derramar.

El calor sofocante del día ha desaparecido. Ahora, a través de los cristales mugrientos de las ventanas, la *influencer* se percata de que ya es de noche.

¿Cuándo se ha hecho de noche?

Hasta los oídos de Astrid llega el cri-cri de los grillos. No lo soporta, siente que el ruidito que emiten le va a perforar los tímpanos.

—¡Callaos! —les grita, en lugar de levantarse y cerrar

275

la puerta para alejar el ruido—. ¡Callaos! ¡Os voy a matar!

¿A quién más vas a matar, Astrid?

Hay que estar muy mal para gritar y amenazar a unos inocentes grillos. Vuelve a la realidad, abandona tu burbuja, esa que creías perfecta y que con tanta rapidez se ha derrumbado. Ya no te queda nada.

—Hugo, que no te he dado tan fuerte, amor... Hugo, vuelve. Venga, vuelve, despierta, no seas dormilón... ¡QUE VUELVAS, JODER! —grita, sentándose a horcajadas encima del cadáver para golpear el pecho inerte hasta caer rendida.

—¡Que vuelvas, joder! —oye Andrés a lo lejos.

Lo primero que se le pasa por la cabeza es que Hugo está intentando escapar de la loca de Astrid. Eso le hace pensar en darle una oportunidad al chico. Dejarlo escapar. O, más bien, después de los gritos que ha alcanzado a oír, ayudarlo a escapar. Y que siga con su vida. Si es que puede.

Son las once y diez de la noche. Andrés deja el coche en un camino de tierra a pocos metros de la finca vallada donde se encuentran los *influencers*. El grito de Astrid procede de ahí y así se lo indica también el localizador del móvil de Hugo. Levanta la cabeza en dirección a la casa. La construcción parece un esqueleto, está en las últimas. El aire caliente le golpea en la cara mientras, mentalmente, calcula las horas, los minutos y hasta los segundos para enviarle un último mensaje a la inspectora Martín.

Vega revisa el contenido del email de Andrés. Con todo el material que tiene, comisarios, tenientes y jueces podrían ser destituidos de sus cargos e incluso ir a prisión por malversación de fondos, cuentas en paraísos fiscales con centenares de movimientos, chantajes y otras tantas jugarretas ilegales en las que se han aprovechado no solo de la desgracia de Andrés, sino de la de tantos otros hombres a los que les ha dejado de importar la fortuna acumulada y han decidido intercambiarla con estos corruptos con tal de tener la libertad inmerecida.

«¿Cómo venció David a Goliat?», vuelve a preguntarse Vega, ignorando una nueva llamada de Daniel.

Valentía. Sentido de la justicia.

De nuevo el sentimiento de traición abriéndose paso en su interior, al haber estado rodeada de tanta mentira y corrupción sin tan siquiera sospecharlo.

A por ellos.

Rechaza la llamada de Daniel y se levanta, intentando poner un poco de orden a sus pensamientos, un caótico batiburrillo.

Son las once y cuarto de la noche cuando el sonido del timbre de la puerta y el de un mensaje llegan al mismo tiempo, paralizando a la inspectora. Coge el móvil y lo mira de refilón mientras camina por el pasillo en dirección a la puerta. Al mirar por la mirilla, ve a Daniel, a quien un vecino que ha salido a tirar la basura le ha dejado colarse en la finca. Vega compone un gesto de fastidio, pero no va a poder ignorarlo toda la vida, así que le abre para, al instante, darle la espalda y regresar al salón.

—Vega, tenemos que hablar. Pero hablar tranquilamente, no como...

Pero Vega no está, Daniel se da cuenta e interrumpe el discurso que había ensayado. La ausencia de Vega es debido al mensaje que acaba de recibir. Procede de un número que no tiene guardado en la agenda pero que identifica enseguida. Es el mismo número que llamó a Naree hace dos días. Es Andrés. Otra vez. Y, en esta ocasión, no hay datos adjuntos ni nombres, solo una ubicación a cincuenta y cuatro kilómetros de distancia de su piso de Malasaña y una advertencia: VEN SOLA. Vega sabe, después de todos los hilos que ha movido Andrés, que lo mejor es no ignorar su petición.

—¿Has venido en coche? —le pregunta a Daniel con urgencia.

—Eh... Sí, lo tengo mal aparcado abajo. ¿Qué pasa, Vega?

—Están en una finca abandonada a tres kilómetros de Aldea del Fresno.

—¿Quiénes están ahí?

—Astrid, Hugo y Andrés. Aunque dudo que cuando lleguemos los encontremos con vida.

CAPÍTULO 27

De todos los escenarios que Andrés esperaba encontrar tras saltar la valla de la finca y recorrer los metros que lo separaban de la casa desvencijada, el más inesperado es el que se le presenta.

La escena es aterradora. Andrés se siente dentro de una película de terror de esas que tanto le gustaban a Valeria y que lo obligaba a ver con ella. Luego, Valeria tenía pesadillas. Decía que no volvería a ver más películas de terror. Pero siempre acababa llegando un nuevo título, su curiosidad se imponía, y rompía su promesa.

Con la Glock en alto, Andrés echa un vistazo rápido a su alrededor, tenuemente iluminado por los destellos de la luna colándose por las ventanas. Todo está lleno de mugre y de sangre, Andrés analiza la situación y enseguida se percata de que procede de la cabeza hundida de Hugo, tendido en el suelo sin signos vitales. Los ojos del *influencer* siguen abiertos, con el velo grisáceo que deja a su paso la muerte. Encima de él, muy quieta, tanto que Andrés cree que también está muerta, yace Astrid, a quien no se le ve la cara porque la tiene enterrada en el cuello del cadáver.

—Astrid —la llama con voz queda, comprobando al instante que sigue viva cuando, poco a poco, se incorpora para ver quién reclama su atención. Parece un pajarillo herido.

La Astrid con la que Andrés se encuentra es muy distinta a la que hasta hace poco presumía de una vida perfecta en redes y era admirada por todos. La Astrid a la que mira está llena de la sangre de Hugo. Su cabello rubio enmarañado, con varios mechones manchados de sangre, le cubre media cara demacrada. Ojerosa, sin potingues que cubran sus imperfecciones, Andrés se percata de que Astrid ya está muerta y que rematarla solo implicaría apagar su sufrimiento y que él terminara sus días en prisión.

—Mátame —le suplica Astrid con un hilo de voz, la mirada opaca. Tiene los ojos rojos, tan inyectados en sangre que la esclerótica ha dejado de ser blanca—. Mátame.

Andrés baja el arma.

—Por qué. Por qué mi hija.

—Valeria —recuerda Astrid sin mover un solo músculo.

—Era mi vida entera.

—Lo siento. Ella se lo buscó. Se acostó con… ¡Hugo, joder, despierta! ¡Despierta! No se despierta. Lleva horas

280

así, lo he intentado todo y no se despierta. ¿Tú lo puedes despertar?

—Está muerto. Los muertos no se despiertan, Astrid. Lo has matado —intenta hacerle comprender Andrés.

—No, no, no, no, me estás mintiendo. No le he dado tan fuerte como para matarlo. No está muerto, es que es un dormilón, ¿sabes? Un vago, ¿a que sí, Hugo, a que eres un vago? Sí, un vago, eso es lo que es.

—¿Tampoco apretaste tan fuerte el cuello de las chicas, Astrid?

Andrés le habla con calma, aunque su interior es un volcán en erupción.

—Sí. Sí, yo sé que a ellas sí les hice daño, pero luego me encargué de limpiarlo todo y así nadie supo que pasé por allí. Que fui yo. Valeria… tú eres el padre de Valeria, claro. Ella luchó. Me acuerdo. Luchó, quería vivir, pero yo… es que se acostó con Hugo, así que no podía dejar que viviera, que luego se lo dijera a la gente, presumiera de haberse acostado con él porque era famoso, o incluso hubiera concedido alguna entrevista en televisión, ¿entiendes? La gente me vería como una cornuda, ¿sabes? No podía permitirlo. Nadie podía enterarse de que Hugo me era infiel. Ella se lo buscó, si no se hubiera acostado con Hugo, seguiría viva. Pero luchó, sí, luchó…

«Valeria luchó. Luchó», medita Andrés, quien nunca creyó que sentiría lástima por la asesina de su hija.

—Y ahora, mátame —vuelve a pedirle Astrid con decisión.

Andrés sacude la cabeza a modo de negación. Sonríe triunfal.

—Ya tienes tu castigo, Astrid. Matarte sería tu salvación y me prometí que sufrirías. Que sufrirías mucho y ya... ya lo haces. Te espera una vida llena de pesadillas. No voy a ser yo quien acabe con la vida de nadie. No, yo no voy a cargar con eso, yo voy a...

—Papá —le susurra una voz lejana, el eco de una vida pasada. Su fantasma, el fantasma más querido.

Andrés desvía la mirada hacia la procedencia de la voz de Valeria y vuelve a imaginar a su hija vestida de ángel asintiendo con la cabeza, conforme con su decisión de no apretar el gatillo. Andrés, superado por la emoción, empieza a llorar. Sus ojos son un mar de lágrimas que empiezan a resbalar por sus mejillas hundidas, lo que provoca que Astrid se convierta en una figura borrosa que ya no importa.

—Yo voy a seguir con mi vida. A intentarlo, al menos —zanja Andrés con la voz quebrada, mirando con lástima el cuerpo sin vida de Hugo—. Dentro de un rato vendrá alguien que sabrá qué hacer contigo.

—¡No! ¡No te vayas! ¡Mátame! ¡Mátame! ¡HUGO, DESPIERTA! ¡JODER, DESPIERTA!

Los aullidos de Astrid se pierden a medida que Andrés se aleja con paso lento pero seguro de la finca. Por primera vez en mucho tiempo, es capaz de respirar con normalidad gracias a la paz que lo inunda y que, después del asesinato de su hija, no creyó que volvería a sentir.

—Es aquí —le indica Vega a Daniel, contemplando la extensión de campo árido y las montañas que lo rodean.

—Aquí no hay más que campo, Vega —objeta Daniel bajando del coche y rodeándolo para situarse al lado de Vega que, linterna en mano, ilumina los alrededores hasta detener el haz de luz en una casa en mitad de una finca vallada con aspecto de estar abandonada.

—Están allí. —Vega señala la casa. Daniel repara en ella. Es una mancha oscura que parece estar colocada ahí por error—. Pero no se oye absolutamente nada. Creo que hemos llegado tarde.

Vega y Daniel saltan la valla e inician el camino ascendente repleto de malas hierbas que hace un día emprendieron Astrid y Hugo y una hora antes también ha recorrido Andrés, con unas intenciones que se le han escurrido como arena entre los dedos.

Este silencio asfixiante capaz de enloquecer hasta a la persona más cuerda, nunca indica nada bueno. Pasan diez minutos de la medianoche en el momento en que los inspectores rodean la casa examinando el interior a través de las ventanas, hasta llegar a la parte trasera, donde se topan de frente con una puerta abierta que los incita a entrar.

La primera en dar un paso adelante es Vega, seguida por Daniel, y ambos se quedan petrificados ante la escena dantesca que se les presenta.

Hugo está muerto. Tiene la cabeza destrozada, elucubran que por un golpe con la barra de hierro que hay tirada al lado de una vieja nevera estropeada. La parte derecha de la cabeza está hundida, el cráneo fracturado, la mirada muerta dirigida al vacío. Hay sangre por todas partes. Y Astrid, acomodada encima del cadáver de Hugo, tiene signos vitales, su espalda escuálida se mueve levemente al compás de una respiración agónica.

—Astrid —la llama Vega, mirando a Daniel con gravedad.

—Joder, qué ha hecho... —masculla Daniel, levantando el arma en el momento en que Vega se pone en cuclillas y, con delicadeza, posa su mano sobre la espalda de Astrid, que reacciona girando lentamente la cabeza.

—Mátame. Mátame... —le suplica sin fuerza en la voz a la inspectora, que le pide con un gesto a Daniel que baje el arma.

—Astrid, tenemos que irnos de aquí —contesta Vega, segura de que Astrid no está herida.

—No puedo dejarlo solo. Hugo se va a despertar de un momento a otro, no puedo irme de aquí.

—Hugo no puede despertarse, Astrid. Está muerto.

—Eso ha dicho el hombre que ha venido antes. Eso ha dicho, pero yo sé que se va a despertar. No le he dado tan fuerte, de verdad que no. Es que le gusta mucho dormir, ¿sabes? Es muy vago, ni siquiera escribe sus novelas, de eso se encarga un escritor fantasma, ¿te lo puedes creer? Un fraude, eso es Hugo, un fraude, pero no está muerto. Tiene que despertarse, porque tenemos que hacer muchas cosas... Aún tenemos mucho que hacer —le cuenta Astrid, alejada completamente de la realidad, una realidad que no puede ver ni aceptar.

—¿Qué más te ha dicho ese hombre? —pregunta Vega, sabiendo que se trata de Andrés.

—Que lo he matado. Que he sido yo. Que he matado a Hugo. Pero Hugo no está muerto, ya lo ves, está dormido, solo está dormido —gimotea Astrid, con los ojos muy abiertos. No pestañea. Astrid tiene la mirada fija en Vega, una mirada que la atraviesa y la está incomodando, porque parece la de una muerta—. Y también que... ha dicho que vendría una mujer que sabría qué hacer. ¿Eres tú esa mujer?

Daniel tiene las esposas a punto para arrestar a Astrid, pero de nuevo acata la orden silenciosa de Vega y las oculta tras la espalda.

—Astrid, ahora tienes que venir con nosotros. Te vamos a ayudar.

—No, no, no, no, no... no puedo dejar solo a Hugo. No puedo... —niega Astrid, llorando, temblando de arriba abajo y aferrándose con fuerza al cuerpo rígido de Hugo, que lleva más de nueve horas muerto.

Estas son las últimas palabras de Astrid. Esa negación desesperada solo es el principio del abandono al que someterá a su cuerpo. El espíritu de Astrid se quedará anclado para siempre en ese lugar y en ese momento, abrazado a un cadáver. Permitirá al destino que haga de las suyas con todo lo malo que en su fuero interno sabe que le espera al salir del lugar que creyó que los salvaría, y que ahora se convierte en el lugar maldito que regresará en bucle como una pesadilla sin fin ni escapatoria. Al fin y al cabo, las peores pesadillas son las que nos asaltan cuando tenemos los ojos abiertos.

TRES MESES MÁS TARDE

CAPÍTULO 28

Un hombre de mediana edad disfruta de París en otoño. Está solo, como siempre, sentado a la mesa de una terraza de un bar del distrito XVI. Su única compañía es una taza de café humeante. No tiene otra cosa mejor que hacer que contemplar maravillado cómo la vida sigue moviéndose a su alrededor. Porque a la vida le da igual lo que te pase. La vida no espera. Podríamos confundir esta escena con una novela amable de David Foenkinos, pero si retrocedemos en el tiempo y nos fijamos bien en los detalles, en esa mirada que dista mucho de haber gozado de la amabilidad con la que el destino trata a unos pocos afortunados, entenderíamos que seguimos dentro de una historia triste. Dramática. Macabra. Injusta.

El móvil de última generación que el hombre tiene encima de la mesa de formica, vibra reclamando su atención. Ha recibido una alerta de Google, una de las múltiples que tiene activadas para estar al día de todo lo que le interesa. Hace dos días leyó que saldría una novela póstuma de Hugo Sanz, asesinado a manos de su novia, la *influencer* Astrid Rubio, cuando se escondían de las autoridades. Al abrir la noticia de la detención de diez altos cargos corruptos, desde comisarios hasta jueces involucrados en asuntos turbios destapados por la inspectora Vega Martín, el hombre sonríe con satisfacción.

A por ellos, recuerda que le escribió en el peor momento de su vida.

Vega Martín siempre sabe qué hacer. Es una mujer en la que se puede confiar, piensa el hombre, seleccionando un número de la agenda y llevándose el móvil a la oreja a la espera de escuchar su voz al otro lado.

A más de mil doscientos kilómetros de distancia del hombre de mediana edad que disfruta en soledad del otoño en París, el teléfono de la inspectora Vega Martín suena en el bolsillo trasero de sus tejanos mientras hace las maletas.

Los números desconocidos siempre la intrigan. Podría tratarse de un estafador de los tantos que pululan hoy en día vaciando cuentas bancarias o usurpando identidades, de un comercial cansado de repetir siempre lo mismo y de que le cuelguen el teléfono con brusquedad, o de un fantasma del pasado.

—¿Sí?

—Bien hecho, inspectora —contesta la voz de un hombre al otro lado de la línea.

—Quién... —Vega se detiene un momento. El *Quién*

es se queda flotando en el aire, no le hace falta terminar de formular la pregunta—. Andrés.

—El mismo.

—Llevamos tres meses intentando contactar con usted.

—No hace falta, inspectora. Estoy donde tengo que estar. Viviendo la vida que tengo que vivir. No hace falta saber nada más.

—Gracias por el email que me mandó. Habrá visto que los han arrestado a todos. También al comisario Gallardo. En comisaría nunca nos gustó, pero no esperábamos que nuestro superior fuera corrupto.

—Lo acabo de ver, por eso la llamo, para felicitarla y decirle que ha hecho un buen trabajo. Ha tenido agallas, inspectora. A saber a qué monstruos habrían protegido en el futuro.

Vega sabe que Andrés no permanecerá mucho rato al teléfono, así que saca a relucir lo que sabe que le interesa:

—Detuvimos a Astrid. Fue diagnosticada de esquizofrenia paranoide, por lo que ingresó en el Hospital Psiquiátrico Penitenciario de Alicante acusada por los asesinatos de Susana, Magda, Lucía, Hugo, Malai y… y Valeria. Las partes consideraron la eximente completa por anomalía psíquica. Pero todo eso ya lo sabe, ¿verdad?

—También lo sé, sí.

—No volvió a hablar. Es como si Astrid hubiera muerto allí, con Hugo. Como si de aquella casa solo hubiera salido su cuerpo despojado de vida, de alma…

—Es su condena —ataja Andrés.

—Sí, Andrés. Astrid está condenada para siempre. Y... bueno, me alegra que no la matara. No habría sido capaz de...

—¿De detenerme? —ríe Andrés—. Suerte, inspectora. Y gracias.

Sin darle tiempo a despedirse, Andrés corta la llamada. Vega se queda mirando el móvil como si fuera a cobrar vida de nuevo, pero pasados unos pocos minutos y sabiendo que no volverá a tener noticias de Andrés, se centra en terminar de hacer las maletas. Su traslado a la comisaría de A Coruña es inminente. En las despedidas, incluso en las más necesarias como esta, es inevitable sentir cierta turbación y mucha pena.

Sale de la habitación cargando con las dos maletas a rebosar de ropa. Se detiene en el salón con la necesidad de despedirse del lugar que ha sido testigo de sus momentos más felices pero también de sus tragedias. Parte de sus pertenencias ya van de camino a A Coruña en un camión de mudanzas.

Evoca la noche en la que sus compañeros irrumpieron en un momento tan cotidiano como el de estar sirviendo la cena y se llevaron a Marco detenido, acusado de ser el Descuartizador, el asesino de ocho mujeres. La Vega que vivió ese momento confuso le parece lejana, como si ya no fuera esa mujer que, aun teniendo las pruebas delante, pasó días negando que estuviera casada con un asesino en serie despiadado.

Inspira hondo. Le dice adiós al pasado. Cierra la puerta y le es inevitable sucumbir al nudo que le oprime la garganta. Se permite llorar un poco, dejar ir la pena. Cuando sale a la calle, aún tiene los ojos llorosos. No tiene ni idea de que las lágrimas están a punto de volver a asaltarla. Porque Begoña, Samuel y Daniel, este último un poco más rezagado, la esperan frente al portal.

—Begoña... —Vega deja a un lado las maletas para abrazar a Begoña, seguidamente a Samuel y por último...—: Daniel...

—Vega, nos quedó una conversación pendiente —le susurra Daniel al oído, aspirando, posiblemente por última vez, el olor que desprende el perfume dulzón de Vega.

—No hay nada que decir, Daniel —zanja Vega con firmeza—. Bueno... ya sabéis que no me gustan las despedidas, y aun así, habéis venido.

—Te vamos a echar de menos, jefa —dice Begoña—. Llámanos cuando llegues a La Coruña, ¿vale?

—Prometido.

La distancia es el olvido. Los cuatro compañeros saben que al principio se echarán de menos, se llamarán y se escribirán con cierta frecuencia, pero, poco a poco, la vida los irá absorbiendo y dejarán de hacerlo. El equipo quedará en un buen recuerdo del pasado, aunque la vida da muchas vueltas y quién sabe... quién sabe qué pasará. De vez en cuando, retomarán el contacto al requerir ayuda o algún consejo de índole profesional, pero no será lo mismo. Ya nada será lo mismo. Ni siquiera con Daniel, aliviado al saber que Vega no lo ha delatado ni lo delatará, pero parece necesitar un «Te perdono» por su parte que sabe que no llegará. No ahora.

En los sueños nunca decimos adiós. Pero a lo largo de nuestra vida... A Vega le da por pensar en la cantidad de despedidas y ausencias a las que ha tenido que enfrentarse. Hasta para las pérdidas más dolorosas tenemos que estar preparados. Volver al pasado para aprender no está tan mal, el error es aferrarnos a él. A lo que tuvimos o creímos tener. A lo que ya no volverá.

Conduce con la música a todo volumen y la ventanilla bajada. Por primera vez en mucho tiempo, Vega se permite sentir, pero sentir de verdad, hasta el más mínimo roce del viento en su cara. Hace rato que ha dejado atrás Madrid con la mirada al frente, dispuesta a dejarse sorprender por todo lo que le depare su nueva vida.

Made in United States
Orlando, FL
17 November 2024

53995779R10178